Rita Lell

70 Jahre

Wie konnte das passieren?

Impressum

© 2022 Rita Lell

Herstellung und Verlag:
BoD - Books on Demand, Norderstedt

Bilder: Rita Lell

Lektorat: Agnes Hierl
         Annelies Sterl

ISBN: 9783756836512

Inhalt

Mitten im Leben

Bosheit und Berechnung ziehen immer den Kürzeren, irgendwann. Diese Erkenntnis hat sich bestätigt.

Inge Liebhard richtet sich danach, sie ist bemüht um Gradlinigkeit im Umgang mit anderen Menschen und wählt ihre Freunde mit Bedacht. Sie kann ihre Menschenkenntnis einsetzen, die sich reichlich mit den Lebensjahren angesammelt hat.

Inge fühlt sich bestens aufgehoben in ihrer Situation. Sie hat alles im Griff, denkt sie jedenfalls. Gute Freunde um sie herum schaffen eine Wohlfühlatmosphäre, sie hat sich ein behagliches Nest geschaffen und bleibt immer am Ball, zumindest, was ihre Interessen anbelangt. Kulturelle Highlights, schöne Reisen, gesellige Runden und erholsame Spaziergänge mit ihrem Hund bilden eine runde Sache, die Inge zufrieden macht.

So soll es sein, so soll es immer bleiben! Diesem Wunsch steht eigentlich nichts im Weg.

Inges Realität gestaltet sich satt und zufrieden in einer behaglichen Endlosschleife. Die Zeit schreitet träge, unbemerkt langsam vor sich hin, was keine Rolle zu spielen scheint. Inge wähnt sich auf der sicheren Seite, bei den Gesunden, Selbstbewussten, Zufriedenen.

In ihrem Bewusstsein befindet sie sich bei den leistungsfähigen Menschen im mittleren Alter, die das Leben in seiner Fülle vor sich haben.

Eigentlich fühlte sie sich bisher immer bei den Jungen, es bereitet ihr jedoch keinen Stress, nun in die Gruppe der „Reiferen" gerückt zu sein. Das ist aber eine billige Illusion, ab 70 ist man allmählich bei den Alten. Ihr Empfinden und die Realität driften auseinander, zwar unmerklich langsam, aber immer deutlicher. Zumindest an der Jahreszahl lässt sich nicht rütteln.

Sie ist eine tatkräftige Frau mit kurzen braunen Haaren. Einzelne silberne Härchen blitzen gelegentlich auf, stören aber den Eindruck der Dunkelhaarigkeit noch nicht. Das höchste Gut in Inges Bewusstsein ist die Freiheit im Handeln.

Eigentlich hat sie ein beschauliches Dasein, sie lebt alleine, allerdings mit Hund. Der Collie Mischling bleibt immer an ihrer Seite, es ist eine Hündin, die von Natur aus treu und dankbar ist. „Ein sehr guter Hund", erklärt Inge gerne.

Sie ist relativ sportlich, zumindest was ihre Spaziergänge anbelangt. Ihre Kniegelenke werden immer empfindlicher und die Ausflüge in den Wald immer kürzer. Es gibt sehr gute Tage, doch etwas seltener auch schlechte, an denen Inges Knie schneller schmerzen. Sie führt es auf das Wetter zurück, womit sie vielleicht recht hat. Sie bleibt einfach in Bewegung und neugierig.

Schon nach dem Aufstehen führt sie der erste Weg in ihren Garten hinaus in die kühle Morgenluft. Einige Arbeiten lassen sich dann gut erledigen, die verblühten Rosen abschneiden, die Malven an Stützstäbe binden, oder einige Blüten für den Tisch abschneiden. Zufrieden genießt sie dann ihr Frühstück, ihre liebste Mahlzeit.

Sie möchte es nicht leugnen, zu ihrem ungetrübten Glück fehlt ihr nur ein liebevoller Partner. Aber, es geht auch ohne, das ist ihr bewusst. Sie tröstet sich auch mit der Erkenntnis, dass Einsamkeit einem unpassenden Gefährten vorzuziehen ist.

Sie möchte es systematisch angehen und plant eine Bekanntschaftsanzeige in der regionalen Zeitung. Eine sorgfältige Formulierung des Textes sollte zum Erfolg führen und die passende Auswahl von Bewerbern hervorbringen.

Der Entschluss für das Inserat fällt ihr schwer, Wochen vergehen, bevor sie sich einen Ruck gibt. „Wer nicht wagt, der nicht gewinnt", sagt sie zu sich selbst und bemüht sich nach Kräften, einen guten Text in das vorgefertigte Formular der Zeitung zu tippen.

Tage der Vorfreude beginnen. Wird ein netter Freund in ihr Leben treten? Das Inserat erscheint planmäßig. Inge kontrolliert, ob es auch fehlerfrei abgedruckt ist. Jetzt muss nur noch die Post abgewartet werden, sie hat die Bekanntschaftsanzeige per Chiffre aufgegeben.

Diese Anzeigen erscheinen immer in der Wochenendausgabe, Zuschriften würden die Zeitung frühestens am Montag erreichen. Erst dann werden sie den Inserenten zugestellt und sind ab Dienstag zu erwarten.

Beschwingt und zufrieden geht Inge ihrem Alltag nach, mit der Gewissheit, einen Versuch gestartet zu haben, um das Leben noch runder zu machen.

Es fühlt sich an wie ein Roulette, man setzt auf eine Zahl und wartet auf die Chance. Es könnte der große Gewinn sein, diese Hoffnung macht den Reiz aus. Insgeheim ist sie sich vollkommen klar, es wird lediglich ein Schlag ins Wasser, die Wellen glätten sich wieder, alles ist wie zuvor. Doch der Spieler hofft auf eine neue Chance, auf ein neues Glück.

Für Inge soll es eine einmalige Sache sein, sie will den Markt der zeitungslesenden Singles abklopfen, ob da nicht ein Mann ist, der genauso fühlt wie sie und sich dann sogar meldet. Leider kommen nur Personen in Frage, die diese Zeitung abonnieren und dann auch noch die Anzeige lesen.
„Ja, ein Versuch ist es wert." Wenn sie sich auch insgeheim peinlich vorkommt, hier nach Männern zu suchen.
Es ist wie es ist, der Dienstag ist da, der Postbote wirft einen Brief von der Zeitung in den Kasten.
Der Umschlag birgt vier Zuschriften in sich. Inge lässt die Roulettekugel im Kopf tanzen, vielleicht ist ein Treffer dabei?
Solche Zuschriften outen sich oft schon mit Äußerlichkeiten. Die Wahl des Briefumschlags und vor allem die Schrift lässt auf den Inhalt schließen.
Sie hat die Wahl zwischen einem Brief mit kritzeliger Schrift auf einem kleinen Kuvert, einem hochwertigen Umschlag mit Maschinenschrift, einem brauenen Kuvert mit schwungvoller Handschrift und einem langen Umschlag mit altdeutscher Schrift.
„Nur keine Vorurteile", sie fängt mit dem kleinen Brief an. Eine nette Zuschrift eines älteren Herrn, der sich gemeinsame Unternehmungen wünscht. Spaziergänge, Kaffee trinken, Gespräche und Fernsehabende sind seine Intuition. Offen beschreibt er seine Verhältnisse und gibt den Namen und seine Adresse an. Richard heißt er und entspricht so gar nicht den Vorstellungen von Inge.
Sie fragt sich ernsthaft: „Hat er meinen Text denn gar nicht gelesen oder verstanden?" Egal, sie wägt ab, ob sie freundlich antwortet oder sich einfach nicht meldet. Es hängt von den weiteren Zuschriften ab, wie sie mit den Bewerbern verbleibt.

Sie schraubt ihre Erwartungen herunter, als sie den nächsten Brief öffnet. Es ist der maschinengeschriebene. Sauber verfasst beschreibt der Absender sein Anliegen, gibt allerdings nur seinen Vornamen preis. Ein höherer Beamter sei er und lebe in guten Verhältnissen. Seine Ehefrau wäre verstorben, daher ist er auf der Suche. Es lässt sich zwischen den Zeilen lesen, er will eine Frau für die Nachfolge seiner gewohnten Gattin, für ein gepflegtes Leben in seinem Haus, als seine Rundumwohlfühlversorgung. Dieses Leben sollte auch für eine neue Frau erstrebenswert sein. Mit dem Schlusswort: „Wenn Sie meine Zeilen ansprechen, dürfen Sie sich melden."

Das war viel zu viel für Inge, sie liest mit Abneigung und lässt das Schreiben angewidert in den Papierkorb gleiten.

Wie kommt der Mann dazu, auf ihre Anzeige zu schreiben?

Ihr Text in der Zeitung lässt keinerlei Schlüsse auf derartige Antworten zu. Diesen ersten Zuschriften kann ein fehlendes Interesse an ihrer Person attestiert werden. Die Entscheidung ist gefallen, sie wird nicht antworten.

Inge kontrolliert ihren Text, den sie für die Zeitung entworfen hat. Es steht klar und deutlich:

„Lebensfrohe, dynamische Frau, 70 Jahre, unabhängig, reiselustig, sucht einen Gefährten mit weltoffenem Lebensstil und Interesse an Kunst und Kultur, einen Begleiter für Konzerte, Austellungen und Individualreisen.

Warum reagieren Personen, die Inge in keinster Weise ansprechen wollte? Es wird daran liegen, dass sie auf jedes Inserat antworten, in der Hoffnung, einen Treffer zu landen.

Nach diesen beiden ersten Lektüren braucht Inge eine Pause und freut sich auf einen Spaziergang mit ihrem Hund. Sie fühlt sich schlecht, der Kontakt mit Männern aus ganz anderen Welten schlägt ihr aufs Gemüt. Sie kennt doch diese Milieus bestens aus ihren Lebenserfahrungen.

Dieser kleinkarierte, brave Mann, dessen Welt aus Spaziergängen und der Bewältigung des Alltags besteht, ist mit seinem Leben zufrieden und meint es von Herzen gut, wenn er ihr einen Brief schreibt.

Ihre Verwandten mütterlicherseits waren so gestrickt wie dieser Richard. Inge betrachtet diese braven Verwandten wie ein Naturereignis und kennt sich bestens aus mit derartigen Lebensumständen.

Die bloße Vorstellung, in so eine Welt eintauchen zu müssen, sei es nur, um ein nettes Gespräch mit Richard zu führen, drücken auf ihre Stimmung.

Dann noch als Nachschlag der Brief des Paschas in Form eines höheren Beamten, der eine Bedienstete sucht. Die Berührungspunkte mit diesen Personen sind ihr unangenehm.

Sie fühlt sich nicht gut, es war keine so brilliante Idee, ein Inserat aufzugeben.

Vor Monaten hat sie es schon einmal probiert, sie müsste jetzt wissen, was da abgeht, mit dem Klientel der Zuschriftswilligen.

Aber Inge wollte das Roulette noch einmal drehen.

Unterwegs mit ihrem Hund begegnet sie netten Menschen. Die kurzen Plaudereien bringen sie wieder ins Gleichgewicht.

Daheim wird sie ihre Zuschriften weiterlesen, vielleicht passiert doch noch eine positive Überraschung.

In den nächsten Tagen trudeln noch 15 Antworten auf ihr Inserat ein. Lediglich einem Mann will sie antworten. Es ist Ottmar, er gibt sich aufgeschlossen und kultiviert. Seine Schrift ist schwungvoll, das könnte ein interessanter Mensch sein.

Sie will es wagen und ein Treffen vereinbaren. Das passiert dann an einem Dienstag im Park, in einem sehr schönen Café.

Der aufgeschlossene, unkonventionelle Ottmar erscheint in Sandalen und kurzen Hosen. Obenrum hat er ein T-Shirt gewählt, die Aufschrift „Hogwarts" prangt über einem floralen Muster.

Inge ist verunsichert, gibt sich aber freundlich und strebt einem freien Tisch zu. Ottmar folgt und wird bestaunt. Ein aufgeweckter Bub stellt sich ihm bewundernd in den Weg. „Mama schau, der alte Mann hat ein Harry Potter T-Shirt, genau das wollte ich immer haben."

Die verstörte Mutter zieht ihr Kind zur Seite und Ottmar strahlt über das ganze Gesicht. Anscheinend freut er sich, dass sein Shirt gleich Aufmerksamkeit erzielt.

Inge hofft, sie übersteht das Kaffeetrinken mit Ottmar und bemüht sich um Konversation.

So ein Treffen kostet unnötige Kraft, von der Zeit ganz zu schweigen. Deprimiert tritt sie nach einer Stunde den Rückzug an.
„Warum tu ich mir das an?", denkt sie bei der Heimfahrt im Auto.

Die Idee mit dem Inserat war ein voller Schlag ins Wasser.
Es verhält sich genauso wie beim Roulette, die Bank gewinnt immer. In ihrem Fall ist es die Zeitung. Der Einsatz war gering, darum kann sie das Erlebnis abhaken, die Wunden heilen mit der Zeit von selbst. Alle Zuschriften entsorgt sie im Kachelofen, damit keinerlei Zeugnis von ihren Eskapaden übrig bleibt. Es fühlt sich für sie an, wie Staub abklopfen. Inge atmet erleichtert durch, sie ist heilfroh, mit diesen Männern nichts zu tun haben zu müssen.
Wieder was dazugelernt, Zufriedenheit scheint das Zauberwort zu sein.

So einfach ist es dann doch nicht, mit dem inneren Gleichgewicht. Ein fader Beigeschmack bleibt zurück.
Egal, Inge hat einen Termin beim Augenarzt und muss lange im Warte-zimmer sitzen. Ihrer Freundin Monika wurde der Graue Star diagnos-tiziert, hoffentlich bleibt sie davon verschont. Doch ihre Sicht in der Nacht wird immer schlechter, das könnte ein Hinweis sein.
Ihr gegenüber sitzt ein recht sympathischer Mann, man kommt ins Gespräch.
„Das wäre jetzt ein Glücksfall, wenn sich daraus eine Beziehung entwi-ckeln könnte," denkt Inge insgeheim. Sie gibt sich von ihrer besten Seite, ist gut gelaunt und aufgeschlossen. An ihrer Bereitschaft sollte es nicht liegen. Man muss reif sein für eine Bekanntschaft, soviel steht fest. Inge ist überreif, bemerkt sie gerade. Das lebhafte Gespräch begeis-tert auch ihr Gegenüber. Immer mehr Patienten werden aus dem Warte-bereich gerufen. Sie bleiben zu zweit zurück. Wenn das kein Zeichen ist! Die Zeit drängt, bald wird die Gelegenheit zu Ende sein.
Unerwartete Bekanntschaften sollen die besten sein, man trifft zufällig jemanden und es passt. Ein Idealfall, mit etwas Glück kann es schnell gehen, oder nie passieren.
Der sympathische Kandidat schlägt ein Treffen vor, Inge zeigt sich sehr interessiert.

Er heißt Thomas und beginnt, von sich zu erzählen. Es ist heute sein zweiter Arztbesuch, er war schon beim Kardiologen, sein Herz hat ernste Schwächen und braucht neue Medikamente.

Morgen muss er zum Orthopäden, Hüfte und Knie bereiten Schmerzen.

Seine Augen haben den Grünen Star, der soll jetzt behandelt werden, sein Gesichtsfeld ist bereits eingeschränkt.

Zum Glück wird Inge aufgerufen, sie winkt Thomas freundlich zu und hofft, ihm in der Praxis nicht mehr zu begegnen.

„Man glaubt es nicht, der liebe Mann will eine Krankenschwester für seine Altersbeschwerden." Sie schlägt sich ihre Bekanntschaftswünsche aus dem Kopf, optimale Zufälle treten nicht ein.

Vielleicht findet dieser Thomas Gefallen daran, sich gegenseitig mit den Krankheiten zu unterstützen, vielleicht stellt er sich so seinen Lebensabend vor?

Es gelingt ihr, die Praxis ohne weiteren Kontakt zu verlassen. Schnell strebt sie ihrem Auto zu und fährt heim, den Grauen Star hat sie dabei. Es sollen neue Linsen eingesetzt werden.

Inge will sich erkundigen, ob diese Operationen am Auge hilfreich sind. Bisher hat sie nur Gutes gehört.

Dennoch, es ist eine Alterserscheinung, die Linsen sind eingetrübt und lassen nicht mehr genug Licht durch, das Sehen wird schlechter. Das macht sich beim Autofahren in der Nacht bemerkbar und schränkt deutlich ein.

Eben war sie doch kerngesund und belastbar, sie fühlt sich jung, muss sich dennoch mehr und mehr damit abfinden, zu den Alten zu gehören.

Die vergangene Zeit verflog wie ein Wimpernschlag, das soll es jetzt gewesen sein? Wird sie die nächsten Jahre damit verbringen, einigermaßen fit zu bleiben?

Bevor sie ins Grübeln kommt, besinnt sie sich auf ihre doch recht komfortable Situation. Auf ihre Freiheiten.

Klar im Vorteil

Warum soll sie sich verunsichern lassen? Sie ist gesund, zumindest weitgehend, sie ist unabhängig und selbständig. Warum nicht die Vorteile ihres Alters genießen? Es gibt genug davon.

Sie kann Inserate schalten, wie sie will. Sie kann Bekanntschaften machen, soviel sie will. Sie kann ausschlafen, oder früh zu arbeiten beginnen. Alles wie es passt, ihren Mittagsschlaf positioniert sie nach Belieben.

Sie bekocht sich selbst und wählt gesunde Zutaten nach ihrem Geschmack aus. Das ist bekömmlich und sehr vorteilhaft.

Es ist Sonntag und Inge hat Gäste zu sich gebeten. Zu spät und mit Schrecken fällt ihr ein, die eingeladenen Leute trinken keinen Alkohol, sie kann doch nicht nur Leitungswasser anbieten.

Aus gesundheitlichen Gründen gibt es bei ihr keine Limonaden oder Säfte und die Geschäfte haben geschlossen.

Da bleibt nur die Norma im Bahnhof, dort war sie schon lange nicht mehr. In der Hoffnung, dieses Geschäft gibt es noch, macht sie sich auf den Weg. Die Norma heißt jetzt Edeka, Autos stauen sich an der Ecke des Bahnhofs, in dem der Laden untergebracht ist. Daran erkennt sie sofort, es ist geöffnet. Sie überwindet den Stau und bekommt schnell einen Parkplatz. Diese Parkplatzregelung funktioniert perfekt, 30 Minuten kosten 1,20 Euro, auch am Sonntag. Wer keinen gültigen Parkschein in der Windschutzscheibe liegen hat, bekommt sofort einen Strafzettel in schwindelerregender Höhe. Die Parkwächter müssen pausenlos vor Ort sein, niemand entgeht ihnen.

Auch Inge hat schon einen 60 Euro Strafzettel bezahlen müssen und hütet sich, den Laden zu betreten, ohne vorher einen Parkschein zu lösen.

Alles gut, die Hürde ist genommen. Sie folgt den Wegweisern in das Geschäft und wundert sich, im Ausgangsbereich stauen sich die Menschen. Sie will ja nur Limonade und Spezi kaufen und sucht die Regale ab. Erst ganz hinten im Laden gibt es einen Durchgang zu einer Getränkeabteilung. Dort sind Unmengen Trinkbares aufgereiht, zwischen bunten Lichtern, in endlosen Variationen.

Dieser Laden ist offensichtlich auf junges Publikum ausgelegt. Noch nie hat sie derartig viele Softdrinks in ungeahnten Sorten gesehen. Fruchtsäfte werden vorgetäuscht mit Getränken aller Farbvarianten, vor allem orange, gelb, grün und rot. Die Hälfte der Regale hat Inge schon abgesucht und nichts Brauchbares gefunden.

Junges Partypublikum scheint sich hier einzudecken, am Bahnhof, dem Supermarkt mit den durchgehenden Öffnungszeiten.

Wo sie auch hinschaut, es steht Zero drauf. Beim Durchlesen der Inhaltsstoffe ist es eindeutig, alles mit Süßstoff, für Inge ein Unding.

Regalweise gibt es Spezi und Cola, alles Zero.

„Was die Menschen so alles trinken, man glaubt es nicht."

Neben ihr steht ein junger Mann, den fragt sie ungeniert, sie will Spezi mit Zucker. Er versteht sofort, geht etwas in die Knie und gibt ihr das ganz normale Spezi. So einfach war das, Inge sieht sich überfordert.

Das Klientel im Bahnhofs-Edeka unterscheidet sich deutlich von den Kunden anderer Geschäfte. Was hier an Getränken gewünscht wird, ist sehenswert.

Wieder was dazugelernt, jetzt muss sie nur noch die Kasse finden. Sie kommt zum Ausgang, an dem sich die Menschen stauen. Ein rundlicher Herr mit Mundschutz fordert sie freundlich auf: „Madam, bitte an die Kasse drei." Mit einer netten Geste weist er ihr den Weg, vorbei an Kasse eins und zwei zu ihrem Platz an der drei. Diese Kassen sind an einer Theke aneinandergereiht wie Bankschalter, es gibt sechs Stück. Alles geht reibungslos schnell. Ein ausgeklügeltes Bezahlsystem in einem langen schmalen Raum funktioniert wie am Schnürchen.

Inge findet dieses Einkaufserlebnis amüsant, der Bahnhofsladen ist eine eigene Welt. Fast wie ein Sonntagsabenteuer.

Gut gelaunt steigt sie wieder in ihr Auto und macht für die Nächsten den Parkplatz frei. Es funktioniert einwandfrei, man sollte sich nur auskennen.

Der Parkplatzbetreiber macht ein tolles Geschäft, sie bezahlt 1,20 Euro für 10 Minuten. Wenn es gut läuft, löhnen noch zwei oder drei Parker diesen Preis in einer halben Stunde, an ein und demselben Parkplatz.

Trotzdem kommt sie gerne hier her, wenn sie am Sonntag wirklich etwas braucht. Inge macht dann einfach diesen Ausflug in die „Bahnhofswelt" mit dem unkonventionellen Klientel.

Es ist ein Stück Unabhängigkeit, nicht in Bedrängnis zu kommen, wenn einmal etwas vergessen wurde.

Die Freiheit ist es, was Inge an ihrer Situation so gut gefällt. Tun und lassen zu können was ihr beliebt, ist ein erhebendes Gefühl. Sie will etwas daraus machen. Die Möglichkeiten sind gigantisch, sie liegen brach links und rechts am Weg herum. Sie zu sehen macht Mut, sie zu verwirklichen bringt Zufriedenheit.

Inge weiß, es lohnt sich. Stillstand bedeutet Verfall, weiterentwickeln gibt Kraft und Zuversicht. Es macht sie sogar glücklich, zu wissen, es gibt eine Zukunft mit neuen Abenteuern und Herausforderungen.

„Nie war es so wichtig wie jetzt", dieser Satz passt in jede ihrer Lebenslagen. Damit unterscheidet sie sich mit zunehmendem Alter von befreundeten Zeitgenossen.

Diese Freiheit hat sie nicht immer, wenn sie von ihrem Bequemsessel aufsteht und auch noch das Wasser in der Küche aufdreht, sollte sie sich schnell entscheiden, die Toilette aufzusuchen. Will sie zuerst eine Arbeit fertig machen, kann es ganz blitzschnell extrem eilig werden.

Ihre Blase erzieht sie immer öfter, den kleinsten Empfindungen sofort Folge zu leisten. „Das muss man sportlich sehen", denkt sich Inge, sie hat alles im Griff.

Unterwegs sucht sie, wie viele andere Frauen, jede Toilette auf, die sich gerade anbietet, um eiligen Notlagen zu entgehen. Keinerlei Problem in einer zivilisierten Welt.

Inge arrangiert sich, wo nichts zu ändern ist.

Viel wichtiger ist es ihr, einer lebenslangen Neigung nachzugeben, der Malerei. Von Kindesbeinen an fühlt sie sich zur Kunst hingezogen. Malen war ihr liebstes Schulfach. Auch zuhause malte sie phasenweise viel, empfand die Ergebnisse als nicht zufriedenstellend und beendete die Versuche wieder.

Das Leben lenkte ab von ihren Ideen. Beruf, Kindererziehung, Hausbau, Gartengestaltung usw. hielten Inge fest im Griff. Mit dreißig Jahren ließ sie sich sogar eine Staffelei für Künstler schenken, mit dem Beschluss, jetzt mit der Malerei anzufangen.

Sie begann auch, scheinbar ohne Plan und ohne Visionen. Die Ergebnisse empfand sie als ernüchternd.

„Schade", die Staffelei verschwand im Keller, wo sie Jahrzehnte überdauern durfte, bis sich ein Liebhaber fand. In der Gewissheit, nie mehr zu malen, verschenkte sie Inge leichtfertig.

Heute weiß sie nicht mehr, wem sie die Staffelei geschenkt hat. Es ist kein Problem, ein quadratischer Holztisch wird zum Malplatz umfunktioniert. Eine Wachstuchdecke dient als Unterlage, um den Tisch zu schützen.
Im Gegensatz zu ihren früheren Versuchen, hat Inge nun eine genaue Vision.
Jetzt ist sie klar im Vorteil. Sie weiß, was sie malen will. Warum musste sie erst so alt werden, um diese gewisse Sicherheit zu erlangen? Vielleicht hängt es mit ihren fertigen Arbeiten zusammen, die eine Begabung ahnen lassen, Inge will es jetzt wissen.

Im Internet informiert sie sich über den Umgang mit Acryl-Farben, über Untergründe, Grundierung, Firnis und Pinsel.
Kreativität hat bei Inge immer die höchste Kompetenz, seit sie denken kann, gilt ihr Interesse der Malerei. Sei es in Form von eigenen Versuchen, Ausstellungen, Museen, Kunst ist das Salz ihres Lebens.
Als Schülerin trieb sie sich in Galerien herum, das Leben berühmter Künstler war für Inge spannender als ein Krimi. Wie kann man derartige Fähigkeiten in sich haben, die ganze Welt begeistern und Werke schaffen, die absolut zeitlos sind?
Sie ahnt, es kostet unendlich viel Kraft, aus sich heraus zu schöpfen, ohne wirklich anerkannt zu werden. Es sind tragische Geschichten, von einem Leben in Armut. Die Biografien veranschaulichen oft das verzweifelte Ringen mit sich selbst, das so mancher Künstler erleiden musste.
Ihr kommt es fast zynisch vor, wenn sie sich eingesteht, eine privilegierte Stellung zu haben. Sie hat keinerlei Zwang, sie muss kein Geld mit Malerei verdienen und anerkannt braucht sie auch nicht werden.
Sie könnte einfach drauflos pinseln, Versuche starten und in den Tag hineinmalen.
Hinter ihren Gedanken steckt natürlich der Wunsch, auch mitmischen zu können, zumindest in der Provinz, mit den regionalen Größen der Künstler um sie herum.

Doch wie kann sie so vermessen denken und sich in Konkurrenz mit anerkannten Persönlichkeiten sehen, wo sie doch ein Nichts ist, ohne Studium, ohne Vorgeschichte, ohne Künstleraufenthalte im Ausland?

Sofort kommt sie wieder hoch, die Unsicherheit. „Warum mache ich das, kann ich diese Ergebnisse wirklich jemandem zeigen?"

Ihre Bilder aus vergangen Jahren sprechen eine eigene Sprache, sie sind wirklich gut. Was sie schon entsorgen wollte, bekommt plötzlich einen anderen Stellenwert.

Inge macht sich bewusst: „Es ist eine Begabung vorhanden! Zweifelsfrei! Lass es raus!"

Es gibt keine Ausflüchte mehr, sie überwindet ihren inneren Schweinehund, sie muss jetzt ernsthaft mit dem Malen beginnen.

Alles was sie nach ihren Internet-Recherchen braucht wird eingekauft. Die Utensilien sind kostspielig, Inge wischt alle Bedenken beiseite und geht in die Vollen. Kein Pinsel ist zu teuer, keine Farbtube zu viel. Als Paletten dienen dann wieder Plastikdeckel von Eimern. Auch das hat sie im Internet gesehen und es funktioniert bestens.

Doch es fällt ihr schwer, zu beginnen. Zu hoch ist die Befürchtung, die Farben könnten falsch gewählt sein. Schon ihre ersten Versuche müssen perfekt werden. Wenn sie mit den Ergebnissen nicht zufrieden ist, könnte sie die Lust verlieren. Ihre ehrgeizigen Pläne nach jahrzehntelanger Enthaltsamkeit wären zunichte, vielleicht endgültig.

Sie muss gefunden werden, diese Leichtigkeit, die sie ansonsten an den Tag legt. Inge verabredet sich zum Frühstücken mit Freundinnen.

An der Straße sitzen zum „Leidschaun", ist ihre Intension. Das beruhigt richtig. Locker werden, erfreuliche Erlebnisse haben, nette Menschen treffen, alles was ablenkt ist ihr recht.

Nur das Malen fängt sie nicht an.

Bis schließlich ein wunderschöner Tag anbricht und Inge in die richtige Stimmung bringt. Sie legt los, was soll schon schiefgehen, es ist ihre Leinwand und ihre Farbe, sie kann damit machen was sie will. Warum sollte sie sich selbst Zwänge auferlegen?

Der erste Malkarton mit den Maßen 50 mal 60 cm wird grundiert. Inge geht ganz professionell an die Aufgabe heran. Es sollen Farbkombinationen werden, etwa nach dem Vorbild Mark Rothko. Seine Bilder haben sie schon immer begeistert. Warum nicht in dieser Art malen?

Sie hat eine genaue Vorstellung im Kopf, wie das Bild aussehen soll, eine Kombination aus Schwarz, Rot und Weiß. Wobei das Schwarz den Rahmen bildet, in dem leuchtende Farben auferstehen, ja sozusagen geboren werden.

Und es gelingt tatsächlich, Inge ist mit ihrem „Gemale" selbst zufrieden. Die ersten Betrachter sind ihre Kinder. Von ihnen erwartet sie eine wohlwollende aber etwas abschätzige Bewertung wie: „Ja gut, geht scho, vielleicht etwas weniger bunt."

Aber nein, einer nach dem anderen hält bei der Betrachtung ihres ersten Werkes inne. „Echt gut, so eines möchte ich auch!", war die Reaktion. Inge ist zufrieden, sie fühlt sich in ihrem Tun bestätigt.

Der erste Schritt scheint gelungen, Inge ist froh, sie fühlt sich in ihrem Tun bestätigt. Der Schaffensprozess, sei er auch noch so klein, bewirkt ein Glücksgefühl, das ausgekostet werden will.

Mit einer Tasse Kaffee setzt sich Inge in ihren Lieblingsstuhl vor dem Haus und lauscht den Geräuschen der Umgebung. Kinder lachen, irgendwo mäht jemand den Rasen, sogar ein Hahn kräht. Die Hühnerhaltung wird wieder modern und schafft eine ländliche Stimmung mitten in der Stadt.

Der Himmel ist übersät mit Schäfchenwolken, das weiß-blaue Szenario erzeugt eine bayerische Heiterkeit, viele Schwalben kreisen auf Futtersuche. Diese Vögel konnte Inge in den letzten Jahren in ihrer Gegend nicht beobachten. Sie könnten ein Lichtblick sein, in diesen düsteren Zeiten der Klimakrise.

Es umfängt sie ein Gefühl der Leichtigkeit, alles kann, nichts muss. Ein absolut erstrebenswerter Zustand.

Das positive Lebensgefühl kann sich schnell in Frust verwandeln, wenn man nicht aufpasst. Inge will es nicht versäumen, diese Glückswelle zu reiten.

Sie hat verstanden, es ist sie selbst, die am Glücksrad dreht. Scheinbar braucht man nur vorwärtsgehen, um seinen Gewinn abzuholen.

Warum fällt dieses Gehen so schwer, liegt es daran, sich selbst motivieren zu müssen? Sie sagt sich wohlwollend, das war ein guter Tag.

Das ist so eine Sache mit der Selbstmotivation. Vielleicht verbirgt sich dahinter nur ein lächerlicher Versuch sich selbst zu überlisten.

Sie will immer noch dazugehören, überraschen, ihre Fähigkeiten beweisen, einen Schritt nach vorne machen, der in jedem Alter möglich ist.

Inge geht gerne vorwärts und ist bekannt dafür, sich immer wieder neu zu erfinden. Was sie anpackt, nimmt sie ernst, um es erfolgreich zu gestalten.

Sie war ihr ganzes Leben lang schöpferisch tätig, nun will sie es noch einmal wissen, sie will als Malerin Kunst produzieren.

Ein Anfang in ihrem Alter wird vermutlich belächelt, das macht die Herausforderung umso größer.

Als Rentnerin hat sie immer weniger Pflichten, eigentlich kann sie dem Nichtstun frönen und sich der Bewältigung ihres Haushalts widmen. „Das kann es doch nicht gewesen sein!", gesteht sich Inge. Die Sorge um die banalen Notwendigkeiten beherrschen den Alltag, wenn sie nicht gegensteuert.

Es erscheint ihr recht sinnlos, ein Leben mit dem einzigen Zweck, die lebensnotwendigen Arbeiten zu bewältigen, wie Einkaufen, Waschen, Kochen, Gartenarbeit, Wohnung aufräumen und Arztpraxen aufzusuchen. Ein Leben im Hamsterrad, das sich laufend immer weiter reduziert. Ist das der Weg in die Demenz und Hilflosigkeit, der letztendlich einen Heimaufenthalt notwendig macht? Ist es eine Folge der jahrelangen, vielleicht lebenslangen Passivität mancher Menschen? Es sind oft Frauen, die ihr Leben den Aktivitäten ihres Mannes unterordnen und ihre Lebensrolle erst gar nicht einnehmen.

Diese Gedanken beschäftigen Inge schon lange. Vielleicht ist das bei Menschen in ihrer Generation eine Angst vor Hilflosigkeit, die sie bei den eigenen Eltern erlebt haben, die ihr Leben ohnmächtig und gottergeben auslaufen ließen.

Auch wenn Inge es beiseiteschiebt, hilflos werden kann jedem passieren, vermutlich auch ihr. Durch Beobachtungen versucht sie den Verfall von Personen zu ergründen. Ist es eine selbst inszenierte Passivität, oder doch eine genetische Disposition, oder einfach nur Schicksal?

Sie hat jedenfalls nicht vor, sich auf ein Leben in Ohnmacht vorzubereiten und startet einfach durch.

Von einigen Freundinnen wird die Fähigkeit der Alltagsbewältigung schon als Belastung empfunden. Diese Frauen reden seit Jahren darüber, wie sie ihr Alter gestalten können.

Sie überlegen nicht, was sie mit ihrem Leben anfangen wollen, nein, es geht bei den Planungen um barrierefreie Duschen, Verkleinerung der Wohnung, ja sogar um den Einzug in ein Appartement mit Betreutem Wohnen, um dort in Sorge um die Zukunft das Ende abzuwarten.

Diese Zukunftsangst wird zelebriert, die eigene Unfähigkeit verinnerlicht.

„Das kann ich alles nicht mehr", jammert Inges beste Freundin, dabei steht sie vor ihr, wie das blühende Leben.

Kann es sein, dass diese Zeitgenossen nur auf „funktionieren" programmiert sind?

Sie sehen sich mit der eigenen Sinnlosigkeit konfrontiert, wenn das Berufsleben abgeschlossen und die Brutpflege erledigt ist.

Ein Streben nach Selbstoptimierung, eine Zukunftsvision oder Neugierde auf künftige Möglichkeiten kommen nicht vor in ihrem Leben.

„Warum ist das eigentlich so?" Inge darf sich von dieser Destruktivität nicht anstecken lassen.

„Leicht gedacht", schon kommen ihr wieder Zweifel. Was hat sie noch vom Leben zu erwarten? Wer will schon Bilder einer Künstlerin sehen, die alt und ohne Reputationen ist?

Es wäre nicht Inge, erschiene ihr nicht sofort ein Ausweg aus der eigentlich misslichen Lage.

Sie ist Autodidakt und geht ihr ganzes Leben lang mit ihren künstlerischen Vorstellungen und Übungen schwanger. Was so durchdacht ist, sprudelt nun aus ihr heraus, es ist ausgereift und einfach genial gut. So wird sie es angehen, es muss etwas ganz Persönliches, Originelles werden und Selbstbewusstsein ausstrahlen.

Jetzt muss sie nur noch weitermalen und eine Möglichkeit zum Ausstellen der Werke finden. Das ist etwas weit gedacht, zuerst muss dieses Werk erst einmal entstehen. Sie hat ein Ziel, das ist wichtig für Inge.

Limes

Ein wunderschöner Frühsommertag zaubert ein Lächeln in Inges Stimmung. Wie immer führt ihr erster Weg am Morgen durch ihren Garten. Die Glyzine am Haus blüht in diesem Jahr besonders üppig. Wer sich ihr nähert, badet in ihrem Duft. Inge verweilt unter dem Rankgerüst der Glyzine und genießt den Zauber dieser Jahreszeit, während die Maschine in der Küche den Kaffee aufbrüht.

Sie hat es sich angewöhnt, gute Stimmung zu haben und bemüht sich, das Schöne zu sehen und das Unangenehme zu akzeptieren, ohne es groß in ihr Bewusstsein zu lassen. Der morgendliche Gartenrundgang trägt dazu bei, sich gut zu fühlen. Sollte es regnen, wird der Rundgang einfach verschoben. Die Stimmung nach einem Regenguss hat einen eigenen Reiz, die Farben leuchten dann besonders intensiv.

So hat alles sein Gutes im Tagesverlauf von Inge. Gleich wird sie mit ihrem Hund eine Runde in der schönen Umgebung ihrer Heimatstadt gehen. Am Nachmittag kommen Freundinnen zu Besuch. Zwischendurch erledigt sich die Hausarbeit wie von selbst, was nicht ins Konzept passt, wird vertagt. Genauso hält sie es mit ihrem Garten. Es gibt eine gewisse Ordnung mit einem Vorrecht für die Natur und ihre Bewohner, das sind Vögel und Igel und Eichhörnchen. Natürlich auch Hummeln und Bienen und Regenwürmer, alles was zum Gelingen des Gleichgewichts in der Umwelt beiträgt.

Dabei redet sie sich ihren Alltag nicht schön, sie bemüht sich und beachtet lediglich die Feinheiten. Mit Freude hat Inge alle Pflanzen selbst ausgesucht und eingesetzt.

Es ist Erdbeerzeit, das bringt sie auf die Idee, ihre Freundinnen mit Erdbeerlimes zu überraschen. In ihrer Lieblingskneipe spendiert der Wirt gelegentlich ein kleines Stamperl Limes, ein Hochgenuss, findet Inge. Dieser tiefrote Erdbeer-Limes mit Wodka schmeckt unglaublich lecker und ist schnell zubereitet.

Es ist kein Zufall, dass sie ihr Spaziergang mit dem Hund heute am Erdbeerfeld vorbeiführt. In einer eigens dafür aufgebauten Holzhütte kann man die reifen Früchte kaufen, ohne sich selbst an den Pflanzen abbuckeln zu müssen.

Das Rezept verlangt:

eineinhalb Kilogramm Erdbeeren
400 g Zucker
400 ml Wasser
125 ml Zitronensaft
500 ml Wodka

Das leckere Schnäpschen ist schnell gemixt und gemischt.
Zum Glück hebt sich Inge schöne Fläschchen auf für einzelne Blumen
oder jetzt für ein leuchtend rotes Tröpfchen aus Erdbeeren, Alkohol und
Zucker.
Nun muss sie nicht mehr bedauern, dass der Limes in dem kleinen Stam-
perl so schnell ausgetrunken ist. Jetzt kann sie sich beliebig nach-
schenken. Das begehrte Schlückchen ist nun unbegrenzt vorhanden.
Fast, denn die Kalorien und die Wirkung des Alkohols sollten auch
bedacht werden.
Das scheint für Inge kein Problem, sie ist zuhause und muss nicht
Autofahren. Sie schenkt sich immer wieder ein, bis ein kleines dünnes
Fläschchen zur Hälfte leer ist.
Die Freundinnen kommen am Nachmittag, dann wird sie sicher noch ein
Glaserl trinken. „So viel ist das jetzt nicht", denkt sie, das „rote Gift"
ist nicht sehr stark, die Wirkung des Alkohols erweist sich als gering.
Die Freundinnen erscheinen kurz nacheinander, der Tisch ist mit Blumen
geschmückt, in der Mitte der Tafel steht ein Fläschchen mit knallrotem
Inhalt.
Man staunt und genießt, der schöne Kaffeenachmittag wird mit Limes
abgerundet, die Damen sind erfreut und zufrieden. Inge wundert sich,
sie muss ungewöhnlich oft zur Toilette.
Diese treibende Wirkung hält auch am nächsten Tag an. „Es kann doch
nicht der Limes sein", denkt sich Inge amüsiert und schenkt sich
nochmal ein leckeres Tröpfchen ein.
Jede halbe Stunde läuft sie zur Toilette und bekommt allmählich
Bedenken, denn in ihrem Zustand kann sie das Haus gar nicht mehr
verlassen. Sie kennt derartige Beschwerden von Erzählungen, so manche

Freundin ist von Blasenschwäche geplagt. Sollte es sie nun auch ereilen? Muss sie Slipeinlagen oder gar Höschenwindeln tragen?

Inge beruhigt sich selbst und beschließt, einen Arzt aufzusuchen. Sie war noch nie beim Urologen.

Uschi, eine Freundin, geht zu einer Ärztin im nahen Einkaufszentrum. Sie erzählt nur Gutes, dort ist ein Termin schnell vereinbart.

Inge schildert der Arzthelferin am Telefon ihre Beschwerden mit Nachdruck. Das hilft und sie kann am nächsten Tag kommen.

Sie hofft, die Ärztin findet nichts Schlimmes, denn die Freundin Uschi hat ernste Probleme.

Am nächsten Tag werden die Beschwerden von selbst weniger, dennoch macht sich Inge auf den Weg zur Urologin im Einkaufszentrum.

Sie sitzt nur kurz im Wartezimmer und wird in den Behandlungsraum gebeten. Die Ärztin gibt sich ernst, hört sich die Schilderungen von Inge an und gibt einige Untersuchungen bei ihrem Personal in Auftrag.

Urinprobe, Ultraschall und eine Blutabnahme werden durchgeführt.

Als sie wieder ins Behandlungszimmer gerufen wird, hat die Urologin ein verschmitztes Lächeln im Gesicht. Für Inge immerhin ein gutes Zeichen. „Mit ihrer Blase ist alles in bester Ordnung. Aber die Blutzuckerwerte sind zu hoch!", meint die Frau Doktor und rät, den Hausarzt aufzusuchen.

Bong!!!
Das hat Inge jetzt gebraucht, Verdacht auf Diabetes.

Aber nein, es war einfach zu viel, diese Schnapslerei am Vortag. Reuig legt sie einen Diät-Tag ein, bevor sie sich zum Hausarzt begibt. Sicher ist das Problem damit beseitigt.

Die Sprechstundenhilfe nimmt ihr Blut ab, der Langzeitzucker soll bestimmt werden.

Das Zuckerproblem könnte somit erledigt sein, schließlich ist sie robust und ganz gesund, so war es immer, so wird es bleiben.

Das Blutbild bringt am nächsten Tag die Wahrheit an´s Licht. Inge hat Diabetes Typ II.

Was ist los mit ihrem Körper, spielt er nicht mehr mit? Es ist nicht mehr so wie gewohnt. Es ist sogar zu befürchten, dass es nie mehr so sein wird.

Diabetes, das kennt Inge von Schilderungen alter Menschen, von Tante Veronika, oder von der Schwiegermutter. Dass sie selbst betroffen sein könnte, lag in weiter Ferne.

Ist sie jetzt selber alt, funktioniert sie nicht mehr selbstverständlich wie ein Uhrwerk?

Sie ist eingesperrt in ihrem Körper und muss damit umgehen lernen. Um alles einzuordnen, braucht sie Zeit, vorerst werden ihr Tabletten in die Hand gedrückt, zweimal täglich eine.

Inge ist gewissenhaft und folgsam, um das Problem zu bewältigen. Die Medikamente werden brav eingenommen, die Ernährung umgestellt. So gut es geht, will sie den Blutzuckerspiegel senken. Täglich misst sie den Nüchternwert, der fällt nie zu ihrer Zufriedenheit aus.

Nach und nach lernt Inge, sie darf am Abend nicht zu spät und nicht zu üppig essen. Mit Bierchen ist auch Vorsicht geboten, wodurch sie lieber zu einem Gläschen saueren Weißwein greift.

Der Versuch, Tee oder Wasser zu trinken, erweist sich als nicht gangbarer Weg. Eine gewisse Lebensfreude muss sein, denkt sich Inge und erlaubt sich den gewohnten Alkoholkonsum am Abend, wenn auch in begrenzter Menge.

So gehen die Wochen dahin, sie plagt sich herum mit Messungen und Verzichten. Die tägliche Bewegung wird erhöht, die Blutzuckerwerte passen nie wirklich.

Zu dem Kampf mit dem Blutzucker kommt nun schnell der Frust, Inge hört sich im Bekanntenkreis um und recherchiert im Internet.

Betroffene Freundinnen geben vor, gut zurechtzukommen mit Metformin, sie behaupten es zumindest. Inge glaubt nicht so recht daran. Besagte Damen neigen dazu, alles zu beschönigen, um keine Zweifel an ihrer Behandlung bei ihrem Lieblingsarzt aufkommen zu lassen. Bei ihnen passe alles optimal und Metformin bereite keinerlei Probleme.

Eine verunsicherte Inge bleibt zurück, mit ihrem unruhigen Schlaf, den Sehstörungen und den Gelenkschmerzen. Vermutlich bildet sie sich das nur ein, was nie ausgeschlossen werden kann.

Gewissenhaft wie sie nun mal ist, sucht sie einen Diabetologen auf. Ein Spezialist wird vermutlich mehr bewirken als der Hausarzt.

Dort wird sie gerne angenommen, der Diabetesarzt hat eigens geschulte Fachkräfte, die ausgelastet werden müssen und gutes Geld einbringen. Dort geht es jetzt erst richtig los!
Beratung, Blutabnahme, Medikamenten-Umstellung, sie bekommt ein Heftchen mit Tabellen zum Ausfüllen der täglichen Messwerte und wöchentliche Beratungstermine. Die freundliche Assistentin kontrolliert auch die Fußsohlen, praktisch alles, was sich abrechnen lässt.
Inge fühlt sich abgezockt, schließlich würde sie selbst Alarm schlagen, wenn das Gefühl aus ihren Füßen schwindet. Es soll aber Menschen geben, die so was nicht selbst bemerken.
Auch wenn es ihr sehr geschäftstüchtig erscheint, macht Inge eifrig alles mit, sie ist überzeugt, das Diabetes-Problem lässt sich in den Griff bekommen.
Sie müht sich redlich ab, achtet akribisch auf die Ernährung, bewegt sich viel und versucht Gewicht zu verlieren.
Wird sich nun ein Erfolg einstellen und die Zuckerwerte sinken? Weit gefehlt, die Werte verändern sich nicht, die Beschwerden werden immer deutlicher. Sehstörungen, nächtliche Unruhe, Gelenkschmerzen nehmen zu, der Stoffwechsel entgleist.
Diese Umstände werden auch der gut geschulten Mitarbeiterin des Diabetologen klar, sie läuft zur Höchstform auf und verordnet ein anderes Medikament.
Inge macht voll mit, sie wird irgendwann auf der Zielgeraden ankommen. Muss ja sein, die Mediziner sind von der Therapie überzeugt, die Einnahme der Medikamente ist unverzichtbar.
Es gibt keinen Zweifel, der Diabetes Typ II muss behandelt werden. Es gibt allerdings Berichte über Heilungen, nur mit Gewichtsabnahme und Bewegung. Im Innersten hofft Inge immer noch, diese Krankheit wieder loszuwerden.
Mit viel Gemüse und Salat müsste es doch besser werden. Doch ohne Erfolg, der Nüchternzucker ist zu hoch. Die Nebenwirkungen bleiben.
Die Beratungsassistentin verordnet nun Insulin zum Spritzen am Abend,

damit sich der Blutzuckerspiegel über Nacht richtig einpendeln kann.

Auch diese Rosskur lässt Inge einige Wochen über sich ergehen. Die Resultate bei der Messung am Morgen sind unverändert zu hoch.

Jetzt wird es ihr zu viel, sie bricht die Diabetes-Beratung ab und wendet sich wieder ihrer Hausärztin zu. Diese verschreibt ihr tröstend ein neues Medikament, das besser verträglich sein soll.

Komboglyze heißt das Zauberwort.

Inge will zur Ruhe kommen, vor allem vor Diabetes II, nimmt die Tabletten und wendet sich anderen Dingen zu.

Schöne Reisen planen, viel Schwimmen, liebe Freunde einladen, stehen auf der Tagesplanung. Das Schöne sehen und sich freuen an den kleinen Dingen, gehört zur Wohlfühltherapie von Inge.

Sie kocht für ihre Familie, besser gesagt, für Ihre Kinder, die selbst schon Familie haben. Die Auswahl der Speisen verändert sich allerdings, es gibt viel Gemüse und Salat, damit jeder gewichten kann, wie es in seinen Plan passt. Das ist für Inge ein schönes Training, lecker zu kochen und dennoch genau das Richtige zu essen. Auch in Lokalen gelingt ihr die Speisenauswahl problemlos.

Der ungeliebte Diabetes macht es sich in ihrem Leben bequem, sie verdrängt ihn aus ihrem Bewusstsein und baut ihn unauffällig in den Alltag ein.

Bei ausgedehnten Spaziergängen genießt sie die Natur und die Jahreszeiten.

„Wie wird das Wetter morgen werden?", fragen ihre Freundinnen. Inge ist es egal, sie kann das Wetter ohnehin nicht ändern, die Vorhersagen sind nicht zuverlässig. Sie macht ihre Spaziergänge bei jedem Wetter. Sollte gerade ein Regenschauer durchziehen, verschiebt sie ihre Runden einfach.

Immerhin hat sie in den letzten 70 Jahren gelernt, zufrieden zu sein, vor allem in genau der Situation, in der sie sich befindet.

Zuversicht

Es kommt vor, dass sich eine traurige Stimmung breitmacht in Inges Befinden. Sie nimmt es verärgert zur Kenntnis und versucht, die Ursache zu ergründen.

In der Regel gelingt ihr das auch, es sind banale Umstände, die nicht so laufen, wie geplant. Eigentlich Kleinigkeiten, die ihre Laune trüben. Immer öfter beschleicht sie ein Unbehagen. Könnte es der Beginn einer Depression sein? Oder ist es nur eine falsche Betrachtungsweise der Umstände? Ein Wechsel der Perspektive könnte die sinnvolle und gleichzeitig einfache Lösung sein.

Inge schreitet zum Perspektivewechsel, zum dynamischen Vollzug des Glücksgefühls.

Es spricht nichts dagegen, dass die Zukunft Zufriedenheit und Glück bringt. Eine wunderbare Zeit bricht an, sie ist gesund, leistungsfähig und bereit, ihre Möglichkeiten zu nutzen. Mit dieser optimistischen Vorstellung kuschelt sie sich in ihr weiches Bettchen und schläft ein.

Diese Positiveinstellung muss sie jetzt nur noch beibehalten, sie hat ein Recht, zufrieden zu sein. Der Schlüssel liegt im Tätigsein, in einer schöpferischen Arbeit. Sie ist auf dem besten Weg und weitet ihre Malerei aus.

Inge bestellt sich Pigmente in seltenen Farben und macht Experimente. Jedes Bild muss für sich selbst stehen, stimmig sein, mit leuchtenden Farben, die in Beziehung gesetzt werden und aus dem Schwarz entstehen. Sie bearbeitet ihr Werk so lange, bis sie zufrieden ist, das Bild sozusagen fertig ist. Das gelingt nicht so leicht, gelegentlich muss sie Farbfelder übermalen, oft ist sie verunsichert.

Irgendwann passt die Kombination. Inge schaut es tagelang an, bis sie ein Bild als abgeschlossen betrachtet und signiert. Der Schaffensprozess ist ein durchaus schwieriger. Das Endprodukt präsentiert sich dann simpel, ganz leicht und einfach, das ist der Sinn der Übung. Ein dynamischer Vollzug mit dem Ziel der Stimmigkeit.

Wenn es gelingt, empfindet sie Zufriedenheit, vielleicht sogar Glück. Sie hat gelernt, Glück ist eine Frage der Perspektive.

Voller Zuversicht arbeitet sie darauf los, setzt Farben in Beziehung, mischt neue Töne, lässt das Werk trocknen und betrachtet es lange.

Die vielversprechenden Farbpigmente erweisen sich als heikel, sie wirken eher stumpf und langweilig. Es ist ein weites Feld zum Experimentieren, Inge nimmt die Herausforderung an und lässt sich nicht verunsichern. „Wer aufgibt, hat schon verloren!"

Sie hat Zeit, sie malt, sie verbessert, sie verändert, sie lernt dazu. Ihre Bilder werden immer besser, zumindest denkt sie sich das oft. Genauso oft fürchtet Inge, sie kann nicht malen und bringt es nicht fertig, ansehnliche Werke zu erschaffen. Mal so, mal so, je nach Gemütszustand.

Diese Zäsur des Alters, der Blick in eine doch recht begrenzte Lebenszeit, die Sinnlosigkeit von neuen Aufbrüchen, wabern immer wieder durch ihr Bewusstsein. Sie muss diese Geister loswerden und sich hineinleben in eine aufregende Zukunft.

Warum auch nicht, sie braucht ihre Lebensaufgabe nicht als erfüllt betrachten. Es könnte jetzt eigentlich erst richtig losgehen.

Inge erkennt, es liegt nur an ihr. Sie bestellt neue Farbpigmente, beginnt neue Bilder und arbeitet zügig voran.

Zweimal in der Woche steht ein Schwimmbadbesuch auf dem Programm, eine sehr lieb gewonnene Aktivität.

Eine Freundin unterstützt sie moralisch, wenn der innere Schweinehund überwunden werden will und sie sich trotz schlechten Wetters auf den Weg zum Bad machen muss.

So aktiviert man sich gegenseitig und schwimmt mit Genuss im großen Becken nebeneinander her. Das Wasser ist so schön, die Bewegung macht Spaß, eine echte Wohltat für die Freundinnen.

Im Schwimmbad bilden Dauerbesucher so etwas wie einen eigenen Kosmos. Wer regelmäßig mitmacht, gehört irgendwie dazu. Die Akteure treten mehr oder weniger miteinander in Kontakt.

Es gibt den harten Kern von vielleicht zwanzig Personen, von denen jede ihre eigene Geschichte hat.

Da ist die tapfere 82-jährige, halbseitig gelähmte Frau. Mit dem öffentlichen Bus fährt sie zum Bad, darum erscheint sie immer zur gleichen Zeit.

Sie geht, typisch für halbseitig Gelähmte, hinkend, mit angewinkeltem Arm zum Warmbecken. Zum Einsteigen in das Wasser benutzt sie tapfer die Leiter, obwohl es auch eine Treppe gibt, um dann eine Stunde lang paddelnd am Rücken zu schwimmen.

Diese Übungen im warmen Wasser wirken ihrer Verhärtung der Muskeln entgegen. Sie lässt sich gerne in ein Gespräch verwickeln und erklärt die tägliche Notwendigkeit ihres Schwimmbadbesuches. Für sie ist es das größte Glück, ihre Beweglichkeit zu erhalten und selbständig laufen zu können. Der eiserne Wille dieser Frau, deren Namen Inge gar nicht kennt, ist so beeindruckend, dass sie sich immer freut, sie zu sehen. Ein besonders freundlicher Gruß ist selbstverständlich, wenn die „Heldin", so nennt sie Inge, erscheint, hinkend mit Gehstock und Bikini.

Einige alternde Damen erscheinen regelmäßig, offensichtlich mit der Absicht, sich den ebenfalls anwesenden älteren Herren zu nähern.

Es ist amüsant, diese bühnenreife Inszenierung eines immerwährenden Stückes zu verfolgen.

Es gibt sie nämlich wirklich, einige Dauerbesucher in männlicher Form, die sehr wohl an der Aufmerksamkeit der Damenwelt interessiert sind. Es ist wie die tägliche Nahrung, der Auftritt, das Bemerktwerden, das Wohlgefallen bei den Damen. Eine ständige Selbstbestätigung der männlichen Dauerbesucher, sozusagen ihr Lebenselixier.

Mehr ist nicht, aber das wissen die ausgehungerten Frauen nicht und sie legen sich mächtig ins Zeug. Neue Badeanzüge, gute Frisur und Lippenstift. Das größte Glück wird ihnen zuteil, wenn einer der Herren neben ihnen herschwimmt und Smalltalk macht. Gelegentlich dauert so ein gemeinsames Schwimmen mehrere Tage an, bis sich der nette Herr wieder rarer macht.

Die Szenerie ergibt einen immerwährenden Zirkus, ein Spiel des Lebens in der immer gleichen Badeanstalt.

Bäder üben eine große Anziehungskraft aus, sie werden zur Ersatzheimat, sozusagen zum Wohnzimmer für treue Besucher.

Stets die gleiche Uhrzeit, immer die selben Besucher, täglich die Wohlfühlatmosphäre im trauten Ambiente. Man hat seinen Lieblingsplatz, seine Schwimmzeiten, seine Kaffeepause, seinen Mittagssnack und seine Kontakte mit den Gleichgesinnten, wenn es auch nur ein kurzer Gruß ist, man gehört dazu.

Es ist erstaunlich, dass es Menschen gibt, die sich in dieser Endlos-schleife einrichten, sozusagen lebenslang ihre Rolle im Schauspiel einnehmen. Scheinbar wird es nie langweilig, immer neue Akteure treten auf und andere Konstellationen werden denkbar. Obwohl es eigentlich immer gleich bleibt.

Es gibt ein besonderes Kultbad in der Stadt, ein Freibad, das nur im Sommer geöffnet hat. Inge war lange nicht dort. Seit ihrer Jugend fand sie keinen Anreiz, diesen Ort aufzusuchen.

Nach Jahrzehnten verabredet sie sich mit einer Freundin, um dieses Freibad zu besuchen. Der Tag ist wunderschön, die Temperaturen angenehm, der Himmel strahlend blau. Sie betreten die Arena um das Schwimmerbecken und werden neugierig gemustert. Die wenigen schon vorhandenen Besucher richten ihre ganze Aufmerksamkeit auf sie, die Szene entdeckt einen Neuzugang. Und Inge erkennt das eine oder andere Gesicht.

„Das gibt´s doch nicht, die sind immer noch da", denkt sie insgeheim. Die Freundinnen suchen sich ein ruhiges Fleckerl, sie fühlen sich wie auf einem Serviertablett. Die Situation ist speziell, sie fühlen sich irgendwie beobachtet.

Dann schwimmen sie genüsslich im tiefblauen Becken bei gleißendem Sonnenschein ihre Bahnen, im Wohnzimmer der Jugenderinnerungen.

Es gibt sie also wirklich, dieses Stehenbleiben in der Sportszene. Ein Verweilen an lieb gewordenen Orten, eine Scheinwelt, die zur Realität mutiert. Das eigentliche Leben läuft anderswo ab, unbemerkt von den Geflüchteten im Schwimmbad.

Sie nennen es Kult, niemand denkt an Einsamkeit, obwohl viel Einsam-keit dahintersteckt.

So ein öffentliches Bad bietet eine familiäre Atmosphäre, jeder kann hingehen, so oft er will. Eine Dauerkarte ermöglicht ein günstiges Vergnügen und garantiert einen festen Platz in der zufällig zusammen-gefundenen Schwimmergemeinschaft.

Es bestätigt sich, diese Dauergastszene gibt es in jedem Bad, im Freibad und im Hallenbad, das Inge regelmäßig besucht, es gibt eine Art „Bade-familie".

Inge fallen vor allem die älteren Besucher auf. Diese feste Beziehung zum sportlichen Ambiente begleitet manchen bis ins hohe Alter.

In ihrem gewohnten Hallenbad, zieht ein charmanter kleiner Mann seine Bahnen im Becken. Die Damenwelt wird schnell auf ihn aufmerksam, er ist sozusagen der Hahn im Korb.

Betritt eine Dame älteren Jahrgangs das Umfeld des Schwimmerbeckens, lässt sie zuerst ihren Blick schweifen, um sich zu vergewissern, ob Manfred da ist. Und er ist immer da, er kommt täglich, zuverlässig und sonnt sich in der Aufmerksamkeit, die ihm zuteil wird. Es ist ein Ritual, das ihn täglich aufbaut.

Wenn es hochkommt, schwimmt er einige Bahnen mit einer Verehrerin, die Vertrautheit darf nicht zu weit gehen, damit die Rivalinnen nicht entmutigt werden. Das Feuer muss immer unterhalten werden, damit es nicht erlischt. Jeder Tag eine neue Chance, wie im Lotto, da gewinnt man auch so gut wie nie, spielt aber immer wieder.

So ist es recht, denkt sich Manfred und flaniert lässig am Becken entlang. Hier kommt sein Astralkörper richtig zur Geltung, die Damen bewundern seine Bräune, die den ganzen Winter anhält. Irgendwo im Bad muss ein Solarium sein, Inge hat es noch nicht entdeckt.

Es wäre eine Erklärung für die plötzliche Abwesenheit von Manfred, er verschwindet regelmäßig aus dem Badebereich, um dann frisch gelaunt wieder zu erscheinen. Man ist erfreut und erleichtert, Manfred ist doch wieder da. Die Damen bringen sich in Stellung, Manfred saugt das Interesse gierig auf. Er nimmt seinen immer gleichen angestammten Platz auf der Liege ein und verspeist seine Butterbreze. Die personifizierte Genugtuung. Was will der Mensch mehr?

Die 76-jährige Anni stolziert im kurzen Badekleidchen vorbei. Isabell platziert sich in der Cafeteria. Vielleicht gesellt sich Manfred auf einen Cappuccino dazu? Ein bisserl was geht immer.

Auch Inge ertappt sich dabei, zuerst nach Manfred zu suchen, wenn sie das Hallenbad betritt. Die Szene ist interessant wie eine Illustrierte.

Die Akteure wechseln, einige sind immer gleich. Natürlich gibt es neben Manfred noch weitere männliche Mitspieler, doch er toppt alle anderen. Es treten immer wieder neue Damen auf, die Platzhirsche präsentieren sich. Hoffnungen werden geweckt, die Frauen nähern sich an, schwimmen mit dem einen oder anderen, setzen sich auf einen Cappuccino dazu und kommen immer öfter.

Bis dann die Erkenntnis eintritt, dass da nichts geht. Es ist nur ein Spiel unter Erwachsenen. Wer das erkennt und mitspielt, amüsiert sich prächtig bei den täglichen, kostenlosen Theateraufführungen im Bad.

Natürlich verschafft sich auch Inge einen Überblick, wenn sie zum Schwimmen kommt. Wer ist da, was geht ab, ist Manfred präsent, oder steht sein Auftritt bevor. Die Abläufe werden durchgemischt, damit das Interesse nicht erlischt.
Denn Manfred ist immer da, damit es nicht langweilig wird, zeigt er sich nicht sofort. Vielleicht verweilt er gelegentlich in der Sauna oder im Solarium, Inge ist ihm noch nicht auf die Schliche gekommen.
Umso überraschender, wenn er plötzlich ihren Weg kreuzt und zufällig vor ihr steht. Es entbehrt nicht einer gewissen Komik, wenn der, der immer da ist, plötzlich doch da ist. Es gibt einen erfreuten Gruß, vielleicht einige Sätze Smalltalk, das war´s.
Bei reiflicher Überlegung macht es doch Sinn, wenn Manfred etwas Abwechslung in seine Bühnenpräsenz bringt.
Diese Begegnungen machen das Schwimmen schöner, der Aufenthalt wird aufgeheitert, die Zeit vergeht wie im Flug. Wenn Inge erst einmal im Wasser ist, genießt sie es sehr.
Regelmäßig Sport ist sehr wichtig, mit zunehmendem Alter wird er sogar lebenswichtig. Inge will ihre Gesundheit erhalten, sie macht aus der Notwendigkeit einen schönen Vormittag. So nach dem Motto, wenn es schon sein muss, dann wenigstens angenehm.

Die Busreise

Inge braucht dringend Tapetenwechsel und meldet sich für eine Busreise an. Ausnahmsweise bucht sie den Trip alleine.

Ansonsten verreist sie nur in Begleitung einer oder mehrerer Freundinnen. Es soll an den Gardasee gehen, einige Tage Abwechslung können nicht schaden, außerdem erhofft sie sich nette Begegnungen auf der Reise.

Eine Bekannte, Marille, reist immer alleine und schwärmt, wie leicht sie Anschluss findet und interessante Menschen kennen lernt. Sie behauptet fest, dass man alleine sofort in Kontakt kommt, eine feste Begleitung würde dem entgegenstehen.

Das will Inge jetzt testen, sie verreist alleine. Die Gruppe trifft sich um 6 Uhr am Morgen, um in den Bus zu steigen und die Reise anzutreten. Vorsichtig schaut sich Inge um, ob sich interessante Personen einfinden.

Fehlanzeige, man nimmt seine Plätze ein, Inge sitzt neben einer achzigjährigen Dame, die offensichtlich gerne erzählt. Sie hat eine neue Hüfte bekommen und ihre Reha abgeschlossen. Auch sie freut sich über neue Kontakte. Sie erzählt frei heraus, auf diesen Reisen trifft sie immer auf Singles, die Anschluss suchen. Zumindest eine hat sie ja jetzt mit Inge schon gefunden.

Vorsichtig schaut man sich um, ob weitere Alleinreisende dabei sind. Soweit das Auge reicht, sind nur Paare zu sehen, Ehepaare in fortgeschrittenem Alter.

Inge mustert das Ehepaar gegenüber am Durchgang. Der Mann hat verschiedene Socken an, einen besonders dicken Bauch und eine Vollglatze.

Vor ihr sitzt wieder ein Pärchen, der Mann ist unruhig, er will auf die Toilette, doch der Fahrer gibt zu verstehen, die Toilette ist defekt und geschlossen. Man müsse sich bis zum nächsten Rastplatz gedulden. Die Situation veranlasst ihren „Vordermann" unüberhörbar zu Pupsen. Eindeutige Geruchsfahnen wehen durch den Bus nach hinten.

Schon jetzt ist Inge froh, alleine zu reisen. Die Herren im Bus sind auf den ersten Blick allesamt zum Abgewöhnen.

Ihre Sitznachbarin beschäftigt sich mit den gleichen Überlegungen, die Frauen amüsieren sich über die Mitreisenden.

„Von denen möchte ich keinen geschenkt", erklärt sie frei heraus. Man bietet sich das „Du" an, die Reisegefährtin heißt Anni.

Inge übt sich in Realitätsbewältigung, eine 70-jährige mit einer 80-jährigen auf Kontaktsuche im Billigreisebus. Sozusagen auf Kaffeefahrt einer Seniorenreise.

Ihre Reisebegleiterin entpuppt sich als taffe, gebildete, topfitte Frau. Die beiden durchleuchten die Situation und kichern darüber hinter vorgehaltener Hand. Sie machen sich über die kuriose Reisegesellschaft lustig, obwohl sie Teil der Gruppe sind.

Inge befindet sich wieder in einer Theateraufführung, mitten im Spiel des Lebens. Sie gehört allerdings dazu, diesen Umstand gilt es nun zu bewältigen. Sie trägt es mit Humor, wie auch ihre Nachbarin, die beiden amüsieren sich über die Situation.

Inges Trost ist es, die 80-jährige fühlt genauso wie sie, es kann also noch lange so weitergehen, bis sie selbst 80 ist. Man versucht, sich die Zeit so schön wie möglich zu gestalten. Für Inge fehlt allerdings immer ein tieferer Sinn in ihrem Leben. Könnte es eine verantwortungsvolle Aufgabe sein, oder doch ein fester Lebenspartner?

In den Rasthäusern werden die Mitreisenden genauer beäugt. Ein Ehepaar zeigt sich aufgeschlossen und freundlich, mit ihnen will man näheren Kontakt suchen.

Anni und Inge sind sich einig, ihre Reise soll erholsam sein, sie orientieren sich aneinander, dann braucht keine Angst haben, im Hotel alleine dazusitzen.

Schon beim ersten Abendessen an ihrem Ziel, nehmen sie bei dem netten Ehepaar Platz. Es sind immer 6er Tische und es gesellt sich noch ein weiteres Paar dazu.

Das Essen ist überdurchschnittlich lecker, sie bedienen sich an einem langen Buffet. Die Unterhaltung am Tisch kommt gut in Gang, man bestellt Wein und Bier.

Besonders die Herren scheinen sich zu amüsieren, die Gattinnen bekommen rote Bäckchen. Inge und Anni plaudern eifrig, die Männer halten angeregt mit. Mit fortgeschrittener Stunde läuft die Gesellschaft zur Hochform auf. Es wird gelacht und diskutiert, eine sehr lustige Runde, bis auf die Gattinnen der Männer, die werden immer ruhiger. Sie rutschen auf ihren Stühlen herum und ermahnen zum Abbruch: „Es ist schon spät, wir müssen morgen früh raus."

Dabei ist es gerade mal 22 Uhr, da steht eine auf, packt ihren Mann am Arm und zieht ihn davon. Die zweite Gattin tut es ihr gleich und verschleppt ihren Liebsten.

Anni und Inge schauen sich verwundert an, als sie so alleine zurück-bleiben. Eigentlich gab es keinen Anlass zum Aufbruch.

Anni hat den Durchblick: „Wir waren zu lustig mit ihren Männern, die haben sich richtig gut unterhalten."

„Das kann doch nicht sein, wer will denn diesen Männern zu nahe treten?", kontert Inge. Aber es ist wohl so, diese doch recht alten Frauen haben Angst um ihre Ehemänner. Die 70- und 80-Jährige werden als ernsthafte Konkurrenz angesehen.

Das ist ja unglaublich, denken sich Anni und Inge, wenn es nicht so schade um den Abend wäre, könnte man richtig stolz darauf sein. Zumin-dest sind sie belustigt über die Situation und bestellen noch Wein.

Den übrigen Reisenden ist das sofort aufgefallen, die Frauen rücken näher an ihre Männer und beobachten die Lage mit ernsten Gesichtern. Man scheint besorgt, so freizügige Frauen dabeizuhaben.

Belustigt kichern Inge und Anni weiter, bis alle den Speisesaal verlassen haben. Eine neue Erfahrung, sie hätten sich so eine Wirkung nicht zuge-traut.

Diese kreuzbraven Gattinnen schirmen ihre Männer vor alleinreisenden Frauen ab. Für Inge eröffnet sich eine ganz neue Welt. Kann es sein, diese besorgten Ehefrauen leben tatsächlich in der Vorstellung, eine Singlefrau muss zwangsläufig auf Männersuche sein? Ein Leben ohne Ehegatten ist für sie undenkbar.

Beim Frühstück offenbart sich dann das ganze Ausmaß langjähriger Ehen. Grantig sitzt sich so manches Paar gegenüber, man ist schlecht gelaunt oder erscheint gleich einzeln nacheinander. Natürlich platziert man sich weit weg von den freizügigen, mannsgeilen Singlefrauen.

Anni und Inge nehmen an einem sonnigen Tisch Platz mit Blick auf den Gardasee und sind zufrieden. Mit einem entspannten Lächeln genießen sie das Glücksgefühl, ihre Unabhängigkeit.

Für Inge ist die Welt wieder in Ordnung. Sie fühlt sich in ihrer Situation pudelwohl. Das höchste Gut ist doch die Freiheit.

Doch ohne Anni müsste sie vielleicht alleine frühstücken. Es ist schon so eine Sache mit den Gruppenreisen als Single.

Der Tag ist mit Besichtigungen rund um den Gardasee recht abwechslungsreich. Zum Glück passt das Wetter, die zwei Frauen bleiben zusammen und genießen den Tag. Es ergeben sich Gelegenheiten, die Mitreisenden zu beäugen, dabei finden sich doch noch umgänglichere Pärchen, mit denen sich Anni und Inge unterhalten können. Interessanterweise sind die nicht verheiratet. Sie haben sich zusammengefunden, sind aufgeschlossener und mit sich zufrieden.

So plätschern die fünf Ausflugtage dahin, Inge freut sich auf zuhause. Die Fahrt ist eine nette Unterbrechung des Alltags, kein Highlight zur Lebensbereicherung.

Sie sieht es als Zeit für Muße, Zeit zum Pläneschmieden, zum Überlegen, wie sie an ihren Bildern künstlerisch weiterarbeitet. Schaffenskraft staut sich an und will umgesetzt werden. So hat die Auszeit doch was Gutes, sie wird ihre Anregungen umsetzen.

Das Leben ist zu kurz, um es sich vermiesen zu lassen. Sie muss sich nichts beweisen, keinen frustrierten Ehemann verteidigen, sie kann ihre Freiheit ausleben. Nur wie macht man das jetzt richtig?

Diese Gedanken schießen Inge immer wieder durch den Kopf, sie ist schon siebzig und hat eigentlich keine Lebensaufgabe mehr.

Soll sie ihre Energie zur Selbstoptimierung einsetzen, gibt das mehr Sinn als Nichtstun?

Inge ertappt sich dabei, düstere Gedanken zu spinnen. Der Ausflug mit den alternden Mitreisenden hat sich doch nicht positiv auf ihr Befinden ausgewirkt. Sie schüttelt diese Stimmung ab, erteilt sich selbst eine Rüge und nimmt sich vor, eine Karriere als Künstlerin zu starten. Es wird sie von den Anderen deutlich abheben, sie aus den Altenheim-Mentalitäten herauskatapultieren.

Der Tanzkurs

Bereits vor ihrer Gardasee-Fahrt hat sich Inge für einen Tanzkurs angemeldet.

Tanzen 50plus: „Der Treffpunkt für beschwingte Menschen, eine Aktivität für Menschen über 50, die gerne am gesellschaftlichen, kulturellen Leben teilnehmen und körperlich und geistig fit bleiben möchten."

So ist der Kurs im Programm des Seniorenbüros beschrieben. Einen Tanzpartner muss man nicht mitbringen. So wird es eigens betont, denn der Tanzpartner ist die höchste Hürde, die von vielen nicht genommen werden kann.

Dementsprechend ist es leicht gemacht, einfach hingehen und tanzen. Inge hat sich verleiten lassen, anschauen kann nicht schaden.

Von der Gardasee-Reise bleibt ein etwas fader Eindruck zurück. Inge muss erst wieder in positive Stimmung kommen, um ihre künstlerische Tätigkeit aufnehmen zu können. Sie hat einen hohen Anspruch an sich, echte Kreativität braucht den perfekten Ansatz. Nur wenn sie sich „kunstbereit" fühlt, greift sie zum Pinsel.

Kurz gesagt, sie ringt sich die Schaffensphasen mühsam ab, die Herausforderung steigt mit jedem Bild. So soll es sein, das könnte die positive Entwicklung werden. Mit größter Sorgfalt arbeitet sie sich in jedes Bild hinein. Zunächst ist sie unzufrieden, sie stellt das Produkt ihres Schaffens im Wohnzimmer auf und lässt es auf sich wirken. So überlegt sie die nächsten Schritte bis zur Vollendung der Arbeit. Es können mehrere Schritte notwendig sein, zufrieden ist sie fast nie.

Das soll ja normal sein, tröstet sie sich, alle Künstler leiden unter diesen Selbstzweifeln. Das ist es, das harte Ringen um Zufriedenheit, es gelingt eigentlich nie.

Bestätigung findet Inge, wenn sie ein fertiges Bild nach einigen Tagen wieder zum Anschauen aufstellt. Oft findet sie nach etwas Abstand großen Gefallen am Werk und ist überrascht von der Wirkung und der Harmonie. Mit einem erleichterten Seufzer stellt sie fest: „Es geht doch, das hat was, ich mache weiter."

Das Vorwärtsschreiten ist wichtig, neue Farbpigmente treffen ein, neue Ideen werden umgesetzt. Es muss weitergehen, mit der gewohnten Sorgfalt und Ernsthaftigkeit, mit den großen Selbstzweifeln und letztendlich der Zufriedenheit.

Der Tanzkurs soll die Schaffensphasen auflockern.

Inge ist neugierig, was auf sie zukommt. Sie hat sich für eine Paartanz-Gruppe angemeldet und ertappt sich dabei, neugierig zu sein, welche Tanzpartner sich hier zeigen.

Sie hat sich eigens neu eingekleidet, Inge will einen sportlich jugendlichen Eindruck machen. Darum hat sie Jeans und eine bunte Bluse ausgewählt. Weiße Sneakers runden das Outfit ab.

Man versammelt sich im Café des Hauses der Begegnung. Inge erfährt, es sind zwanzig Personen angemeldet. An den Wänden links und rechts sind Stühle aufgereiht. Die Teilnehmer sitzen sich gegenüber und beäugen sich vorsichtig.

Eine groteske Situation, die Männer auf der einen und die Frauen auf der anderen Seite. Das erinnert an die Tanzschule in der Jugend, wo Zucht und Ordnung herrschten.

Ein älterer Herr gibt den Tanzlehrer, amüsiert bemerkt er die züchtige Geschlechtertrennung. Herr Engel bemüht sich, die Situation aufzulockern, macht Witze und verkündet den ersten Tanz. Es soll Rumba sein, der gelte allgemein als Tanz der Romantik, oder auch als lateinischer Walzer. Wie auch immer, Rumba lernen ist nicht schwer, darum soll mit diesem Tanz gestartet werden.

Schelmisch bemerkt Herr Engel: „Rumba besticht mit seinem langsamen Rhythmus und mit sinnlichen Bewegungen."

Augenzwinkernd macht er die Tanzschritte vor und wiegt sich leicht im Rumbaschritt.

Die Stimmung lockert auf, einige Damen bekommen einen roten Kopf.

Unbeirrt wirft Herr Engel einen Beamer an und zeigt den jetzt schon aufgeregten Teilnehmern einen Filmclip mit einem Rumba tanzenden Paar.

Er hat einen Film ausgewählt, der den Tanz ganz leicht erscheinen lässt, damit seine Schüler den Mut nicht verlieren, bevor sie angefangen haben.

Die Spannung steigt, man beginnt mit dem Üben der Schritte, jeder für sich alleine. Nach dem Song von Frank Sinatra „The Girl From Ipanema" tanzt Herr Engel vor, die Schüler versuchen es ihm gleichzutun. Die Bedenken der Frauen mit den roten Köpfen verschwinden, man fühlt sich hinein in den Rumba.

Herr Engel verspricht, es geht heute nur um ein Gefühl für den Tanz, nichts muss perfekt sein. Die wenigen Schritte sollen eine Eigendynamik zur Musik entfalten.

„Wir lernen den Rumba in seiner einfachsten Form, ohne große Gesten, es wird ihnen Spaß machen! Rumba ist leicht zu tanzen, darum ist er so beliebt."

Das Zutrauen der Schüler wächst, bis Herr Engel auffordert: „Jede Frau schnappt sich einen Mann, möglichst den, der ihr am nächsten steht."

Und los geht´s, Herr Engel inspiziert die Paare und nimmt einige Veränderungen vor. Wenn zum Beispiel das Größenverhältnis nicht passt oder der Altersunterschied offensichtlich nicht zu sportlichem Erfolg führt.

„Wir tauschen regelmäßig durch, damit sich die Teilnehmer besser kennenlernen", gibt er tröstend zu Verstehen.

Der Tanz beginnt. Herr Engel legt „It´s now or never" von Elvis Presley auf. Der Song strahlt eine lockere und vertraute Atmosphäre aus. Inge liebt Elvis Presley, der Tanzkurs bereitet ihr Freude, zumindest bis jetzt. Die Musik inspiriert total, die Paare bewegen sich im Rhythmus der Klänge.

Viele haben ein Lächeln im Gesicht, andere wirken verpannt und angestrengt. Inges Tanzpartner versucht alles richtig zu machen, etwas tapsig, ohne Gespür für die Musik. Inge tut sich leichter und übernimmt großteils die Führung. Die ersten Versuche gelingen ganz gut.

„Is now or never" beflügelt, zum Glück spielt es Herr Engel immer wieder ab.

Ein Wechsel der Tanzpartner steht an. Inge gerät an einen Mann im passenden Alter, der erstaunlich sicher führt. Es ist ein gutes Gefühl mit diesem Partner zu tanzen. Inge ist angenehm berührt. Wie wird er es empfinden?

Der Mann stellt sich nach der ersten Runde vor: „Klaus Wernberg, wir kennen uns doch."

Inge tritt einen Schritt zurück, um Klaus genau betrachten zu können. Es dämmert ihr allmählich. Ist es der Klaus von ihrem ersten Tanzkurs vor 55 Jahren?

Sie durfte mit der gesamten Schulklasse an einem Tanzkurs teilnehmen. Inge besuchte eine reine Mädchenschule, die Buben waren etwas älter und kamen aus dem Gymnasium. Ein Schüler bemühte sich auffällig um Inge, sie übersah ihn absichtlich, er war ihr zu langweilig. Ein dünner Bursche, blass, mit langer Nase und kurzen blonden Haaren.

Dieser schlaksige, unscheinbare Klaus stand nun als vitaler Herr vor ihr. Gutaussehend, gepflegt und sportlich. Noch dazu, er hat Inge sofort erkannt. Wie der Zufall so spielt, man trifft sich im Seniorenclub beim Rumba wieder.

Das ist jetzt doch eine angenehme Überraschung. Es ist Inge zunächst etwas peinlich, weil sie Klaus damals so links liegen gelassen hat. Er trägt es ihr anscheinend nicht nach, beide sind über die Begegnung hoch erfreut.

„It´s now or never" ist verklungen, die Tanzstunde zu Ende. Inge hat nur noch mit Klaus getanzt. Es ist erst früh am Abend, der Seniorenkurs wird am Nachmittag abgehalten, damit die älteren Herrschaften nicht überfordert werden.

Klaus will den Abend noch nicht beenden und lädt Inge zum Italiener um die Ecke ein. Sie ist begeistert und gespannt, was sie sich zu erzählen haben nach einer so langen Zeit.

Beide fühlen sich nicht zu alt, um in der Nacht unterwegs zu sein. Umso erstaunlicher ist es, dass sie sich auf dieser Seniorenveranstaltung treffen.

Eine knisternde Spannung treibt beide an, als sie in das kleine Lokal gehen und an einem freien Tisch Platz nehmen. Inge fühlt sich wie ein Teenager, wie aus der Zeit gefallen. Ihr inneres Ego richtet sich auf, sie ist ganz sie selbst, genau am richtigen Platz, an dem kleinen runden Tisch beim Italiener.

Ein Höhenflug der Gefühle, die Gewissheit, dass alles richtig ist, überkommt Inge und Klaus geht es ebenso. Zumindest strahlt er diesen Eindruck aus.

„Was machst du in diesem Tanzkurs?", plappern Inge und Klaus gleichzeitig. Die sonderbare Begebenheit, dass sie sich in der Seniorenfreizeit treffen, belustigt beide. Sie teilen das Bewusstsein, sie passen eigentlich nicht in diese Veranstaltung, treffen sich aber dennoch hier. Klaus bestellt Montepulciano, ganz selbstverständlich, ohne groß zu fragen. Inge liebt diesen Wein. Italienische Musik plätschert vor sich hin und zaubert eine Urlaubsstimmung, wunderbar leicht.

Es ist wie ein Ausflug in die Jugendzeit. Sie trifft Klaus, einen früheren Verehrer und tanzt mit ihm zur Musik aus den sechziger Jahren. Es ist wie ein Traum, aus dem sie gar nicht erwachen will, alles ist stimmig. Inge sitzt an dem kleinen runden Tisch und genießt.

Dieser Begegnung liegt ein Zauber inne, auch Klaus scheint überwältigt. Wieder fast gleichzeitig beginnen sie zu fragen: „Was hast du denn die ganzen Jahre gemacht?"

„Du zuerst, nein du..", Klaus nimmt den Faden auf und erzählt von seinem Studium, seiner Frau, seinen zwei Kindern, seinem Beruf als Kulturdezernent einer großen Stadt. Er war viel unterwegs in Sachen Kunst und als Kurator für Museen tätig. So konnte er gute Events und Ausstellungen für seine Stadt arrangieren.

Er kennt die Szene wie seine Westentasche und ist immer noch eingebunden in Planungen für Galerien und Künstler. Sein großer Einsatz für die Kunst hat ihm seine Ehe gekostet. Seine geschiedene Frau ist Apothekerin und hat sich einem Kollegen zugewandt, der mehr Zeit für sie hat. Sein Sohn ist Architekt, seine Tochter Floristin mit eigenem Geschäft.

Klaus ist sozusagen im Ruhestand und will sich mehr Zeit für sich freihalten. Dabei fällt ihm die Tatsache auf die Füße, dass er gar kein Privatleben hat.

Er hat andere gefördert, Museen gestaltet, Events organisiert, Szenen neu erfunden. Immer war er im Mittelpunkt, alle wollten mit ihm befreundet sein und die Vorteile seiner Gesellschaft nutzen.

Sein Büro mit Vorzimmerdame im Rathaus wurde rege besucht, er eilte von einer Vernissage zur nächsten, von einem Empfang zum anderen.

Im Innersten fühlte er eine Leere, es ging nie um ihn, nur um seine Macht in der Kulturszene.

Nun kommt ihm die Erkenntnis, er hat es selbst so gewollt. Zunächst fand er Gefallen in dieser Rolle des Gönners und Herrschers. Später gab es keinen Ausweg mehr, er musste immer noch eins draufsetzen um sein Ansehen zu wahren. Er ließ sich herumreichen auf Empfängen, Bällen und Ausstellungseröffnungen auf der ganzen Welt.

Sei es auf der Biennale in Venedig, der Documenta in Kassel, oder im MoMa in New York, Klaus war oft dabei, ganz oben auf der Gästeliste, oder federführend als Organisator.

Klaus reiste alleine, nicht dass es an Begleitern gefehlt hätte, er hielt sich die Parasiten fern, die sich gerne als Gewandläuse anheften.
Er musste frei sein in seinen Visionen, um unvoreingenommen agieren zu können. Klaus sieht darin das Rezept für seinen großen Erfolg, ja seinen guten Ruf als Kunstexperte.
Es sprudelt nur so aus ihm heraus, das Thema ist für Inge genauso interessant. Der Abend schleicht davon, das dritte Glas Montepulciano war ausgetrunken. Die leckere Portion Spaghetti verzögert die Wirkung etwas, der Wirt signalisiert zum Aufbruch.
Man wird weitererzählen müssen und verabredet sich zum Kaffee am nächsten Tag bei Inge.
Völlig verwirrt kommt Inge daheim an, das Erlebte muss erst verarbeitet werden. Sie schmiegt sich in ihr Bettchen und schläft tief und fest bis um acht Uhr am nächsten Tag durch.
Konfus räumt sie ihre Wohnung auf, Klaus wird zum Kaffee kommen, sie will doch einen guten Eindruck machen. Soll sie einen Kuchen backen, oder leckere Teilchen vom Bäcker holen?
Wie sie ihren wiederentdeckten Klaus einschätzt, legt er keinen großen Wert auf Häuslichkeit. Sie will ihm noch viele Fragen stellen. Warum ist er in seine Heimatstadt zurückgekehrt, warum hat er diesen Tanzkurs im Seniorenclub besucht?
Es wird sich alles klären, sie beschließt Ruhe zu bewahren und geht mit ihrem Hund im Wald spazieren. Die Welt erscheint ihr heute viel weiter, sie ist beschwingt und voller Tatendrang.
Sie wird an ihren Bildern weiterarbeiten und den Kaffeetisch decken. Der Heimweg führt sie an der kleinen Konditorei vorbei. Zwei junge Frauen haben sie eröffnet und kreieren kleine Kunstwerke in Törtchen-form. Somit ist das Backproblem auch gelöst, Klaus kann kommen.
Und er kommt, pünktlich, mit einer Flasche Montepulciano in der Hand. Als er so auf das Haus zukommt, hat er ein klitzekleines bisschen Ähnlichkeit mit Richard Gere. Die schneeweißen Haare, der aufrechte

Gang, die prägnante Nase. Jedenfalls ist er ein sympathischer Mann und was das Interessanteste ist, er kommt zu ihr zum Kaffee.

Sie umarmen sich wie alte Freunde, was sie ja sind. Klaus bedankt sich für den wunderschönen Abend und entkorkt gleich den Wein. Ein Gläschen in Ehren, meint er lächelnd.

Dann sprudeln die Berichte aus der Vergangenheit wieder aus ihnen heraus.

Klaus erklärt, wie ihn ein befreundeter, städtischer Beamter gebeten hat, an dem Tanzkurs teilzunehmen. Seine Frau leitet das Seniorenbüro und hat um männliche Tänzer angefragt. Klaus hat noch wenig Kontakte in der Stadt und half bereitwillig aus.

Es hat sich gelohnt, man hat sich getroffen, sie stoßen auf diesen Zufall an. Der gleiche städtische Beamte lud ihn auch zur Vernissage ein. Die angesagteste Galerie in der Stadt stellt neue Künstler vor, Klaus ist neugierig und wird hingehen. Inge soll ihn begleiten.

Sie wollte ohnehin zu dieser Veranstaltung gehen, die am nächsten Tag stattfindet.

Ohne Zögern nimmt sie den Ball auf und bringt ihre eigenen Malversuche ins Spiel. Es kostet ihr eine große Überwindung, einem Kunstexperten ihre Produkte zu zeigen. Inge holt einige Bilder hervor und stellt sie im Wohnzimmer auf.

Klaus ist überrascht, er hält einige Zeit inne, um dann wohlwollend zu nicken. „Das hat was, ich finde die Arbeiten gut."

Der Nachmittag ist wieder zu kurz, der Kaffee und der Wein ausgetrunken, man verabredet sich am nächsten Tag zur Vernissage. „Ich hole dich ab", meint Klaus und möchte ein Bild von Inge mitnehmen.

„Such dir eines aus." Bereitwillig lässt sie ihm die Auswahl, er greift gezielt nach einem Bild und schreitet schwungvoll durch den Garten zu seinem Wagen. Er winkt noch zurück, legt das Bild auf den Rücksitz und braust davon.

Inge bleibt wieder überwältigt zurück, die Gedanken überschlagen sich in ihrem Kopf. Was will Klaus mit ihrem Bild, möchte er es jemandem zeigen, oder selbst genauer begutachten?

Sie vermutet, es ist eine wohlwollende Geste, er will sich um eine ernsthafte Beurteilung drücken.

Sie grübelt lange nach, kommt insgeheim immer zu dem Resultat, Klaus ist von ihren Bildern angenehm überrascht. Wie sie es auch dreht und wendet, sie kommt zur Überzeugung, ihre Bilder haben Bestand in seiner Kritik.

Was soll´s, es wird sich zeigen, irgendwann wird sie Klarheit haben. Nun gilt es, die passende Kleidung für die Vernissage zu wählen. Sie begleitet einen prominenten Gast in die Galerie, da soll sie schon passend auftreten. Es wird nichts gekauft, so viel Grenzen setzt sie sich selbst. In ihren randvollen Kleiderschränken wird sich doch etwas finden lassen.

Ohne die Einladung von Klaus, wäre sie leger gekleidet hingegangen. Vernissagen gehören zum Alltag, overdresste Besucher können leicht peinlich wirken. Es gilt also, toll auszusehen, aber ganz leger, sozusagen elegant lässig, aber doch noch bescheiden, sozusagen cool.

Wie kleidet sich eine 70-jährige Frau nun lässig cool?

Inge wählt die Kleidung, die sie ohnehin getragen hätte, kreiert allerdings noch ein passendes Tuch dazu, das sie sich über die Schulter legt.

Die Show kann beginnen, genauso wie Inge es liebt, jeden Tag ein Highlight. Klaus kommt pünktlich vorgefahren mit seinem unauffälligen Mittelklasse-Wagen. Inge achtet sofort auf seine Kleidung, natürlich nur um sich ihrer eignen Auswahl sicher zu sein. Und tatsächlich, Klaus ist zwar schick, aber leger angezogen, ein Mann von Welt eben.

Er schlägt vor, einen kleinen Snack zu nehmen, bevor man die Galerie betritt. Ein Ehrengast erscheint nicht superpünktlich, sondern schneit in die laufende Veranstaltung herein, so zufällig und wird dann von allen Seiten freudig begrüßt, eine zusätzliche Show in der Show.

Aber nein, das hat Klaus nicht nötig, er will Inge nur einen schönen Abend bereiten. Gegenüber der Galerie gibt es ein französisches Lokal, sehr beliebt in der Stadt. Dort hat Klaus ein kleines Tischchen für zwei reserviert. Der Kellner begrüßt ihn freundlich und serviert schnell zwei Gläser Sekt und ein Tablett mit feinen Canapès.

Toll, Inge macht große Augen, Klaus grinst glücklich. Es geht ihm wirklich nicht um seinen Auftritt in der Galerie, nein, er ist um einen zauberhaften Abend bemüht. Er will Inge überraschen, das gelingt ihm seit sie sich begegnet sind.

Dann begeben sie sich auf den Weg über die Straße in die Galerie. Klaus umarmt Inge sanft und flüstert ihr ins Ohr: „Schön, dass du da bist."

Irgendwie unwirklich, denkt sich Inge, doch Klaus setzt noch eins drauf. Direkt gegenüber der Eingangstüre zur Galerie, an einer strahlend weißen Wand, hängt Inges Bild. Es ist mit einem Spot beleuchtet und wirkt supergut. Ein perfekter Platz und obendrein prangt am kleinen Schild mit Titel und Namen der Künstlerin ein roter Punkt.
Klaus wirkt etwas irritiert und sucht nervös nach dem Galeristen. Inge mischt sich unauffällig unter die Menschen. Sie sieht nur, wie Klaus auf den Galeriebesitzer einredet. Was ist schief gelaufen?
„Ich habe ihn gebeten, dein Bild in die Ausstellung zu integrieren, ich finde es sagenhaft gut. Nun hat er es tatsächlich einfach verkauft."
Klaus entschuldigt sich, ein Verkauf und ein Preis waren gar nicht abgesprochen.
Inges Bild ist das erste, das an diesem Abend verkauft wurde, in der ersten halben Stunde. Noch dazu für einen beachtlichen Preis, in dieser Galerie gibt es keine billigen Bilder.
Sie hakt sich bei Klaus unter und schreitet mit ihm die Reihen der anderen Bilder ab. Grinsend bemerkt sie: „Das hast Du eingefädelt, ich kann nicht glauben, dass mein Bild zufällig verkauft worden ist."
Klaus bleibt stehen, schaut sie an und gesteht: „Es ist mir unendlich peinlich, vielleicht wolltest du das Bild gar nicht verkaufen?"
„Natürlich sollte es eine Überraschung sein, wenn dein Bild in der Galerie hängt. Ein besonderer Gag, mehr nicht. Ich habe mit dem Galeristen keine Verkaufsoption verhandelt und nicht damit gerechnet, dass sich sofort ein Liebhaber dafür findet. Ich wollte deine Reaktion sehen und danach über weitere Optionen sprechen, ob du einverstanden bist, dass deine Arbeiten ausgestellt werden."
Und ob Inge einverstanden ist, sie kneift sich in die Backe, es muss ein Traum sein. Aber sie wacht nicht auf, sondern schlendert am Arm von Klaus durch die Vernissage.
Bekannte schauen sie verwundert an, Inge wird rot im Gesicht, sie ist auf diesen Höhenflug nicht vorbereitet. Treffen sie die Blicke zufällig, ist schon wieder Neid dabei, oder hat man den Verkauf noch gar nicht

bemerkt? Aber Inge, am Arm dieses imposanten Mannes, kann man nicht übersehen. Es ergibt sich der ein oder andere Smalltalk mit Freunden von Klaus und von Inge. Sie findet sich in ihre Rolle als erfolgreiche Künstlerin ein. Einfach ruhig bleiben, denkt sie sich immer wieder, es kann eigentlich nicht mehr besser werden.

Es ist ihr immer noch nicht klar, wie das mit dem Bildverkauf wirklich gelaufen ist. Der Galerist, Herr Baldwin, gesellt sich zu ihnen und stellt sich vor.

„Ich wurde getadelt, ich habe ihr Bild verkauft. Wie konnte ich an einer Verkaufsabsicht zweifeln. Sie sind der aufsteigende Stern am Künstlerhimmel, eine Begabung mit großer Zukunft. Ihr Bild trifft genau den Geschmack der Zeit. Die Kunden werden sich um ihre Arbeiten reißen. Der Umstand, dass nur ein Bild von ihnen in der Ausstellung ist, hat das Interesse gesteigert. Frau Insam hat sofort zugeschlagen, so schnell konnte ich nicht reagieren. Der Preis für das Bild musste schnell genannt werden. Ich hoffe, es ist zu ihrer Zufriedenheit. Die Welt verlangt nach mehr Bildern von ihnen."

Für einen kurzen Moment bleibt Inge der Mund offen. Es schießt ihr wie ein Blitz durch den Kopf. So geht es also, das Verkaufen in einer Galerie. Ein Galerist berät seine Kunden, die gleichzeitig seine „Freunde" sind und ihn für den ausgemachten Experten halten. Preist dieser Kunstexperte einen neuen Künstler groß an, so werden seine Bilder im Handumdrehen zum Anlageobjekt, zu einer sammelnswerten Occasion.

So läuft das, anders geht es eigentlich nie. Das ist der sogenannte Kunstmarkt. Er wird einfach gemacht, es entscheidet die Zugehörigkeit zum Insidergeschehen, zum Geld, zur einschlägigen Gesellschaftsschicht.

Inge steht unter den Menschen und fühlt sich wie ein begossener Pudel. Klaus zieht sie schmunzelnd zur Seite und flüstert ihr beschwichtigend ins Ohr.

„Schau, die wollen alle nur dazugehören. Du hast sie beeindruckt, dein Bild ist gut! Hätte ich es sonst aufhängen lassen?"

Galeristen müssen so sein, das entscheidet über ihren Verkaufserfolg. Sie wollen ihre Kunden beeindrucken und eine intellektuelle Basis vorgeben, auch wenn die Kunden aus unwissenden Laien und neureichen Angebern bestehen. Natürlich gibt es auch echte Kunstliebhaber unter den Gästen, doch die kaufen in der Regel nicht in der Galerie.

Mit diesem illustren Publikum trifft man sich anschließend in dem französischen Restaurant gegenüber zum Austernschlürfen beim Sektempfang im Freien.

Klaus führt Inge sorgsam beschützend durch das Schauspiel und stellt ihr weitere Galeristen vor, es werden Begegnungen vereinbart und Möglichkeiten zur Bildpräsentation auf Ausstellungen angedacht.

Der Galerist Herr Baldwin, kommt mit der Bildkäuferin Frau Insam auf Inge zu und stellt sie vor. Frau Insam ist kleinlaut entzückt, die Künstlerin persönlich kennenzulernen. Sie bittet um einen Atelierbesuch.

Inge jedoch hat überhaupt kein Atelier. Sie malt in ihrem Wohnzimmer, damit wird Frau Insam auch zufrieden sein. Man übt wieder Smalltalk und freut sich auf sein gemütliches Bett zuhause.

Inge weiß nicht wie ihr geschieht, sie kann die Tage mit Klaus nicht richtig einordnen. Sie fühlt sich wie in einer anderen Welt, in einer Scheinwelt, gibt es die wirklich?

Klaus hat sich liebevoll verabschiedet an diesem Vernissage-Abend. Er bleibt auf einer vornehmen Distanz zu Inge, was viele Fragen offenlässt.

Mit einem eigenartigen Ernst kündigt er einen Besuch am nächsten Morgen an. Wie immer pünktlich klingelt Klaus am Gartentor vor Inges Haus. Erfreut springt sie hinaus um ihn einzulassen. „Warum kommst du nicht zur Haustüre?"

Klaus ist noch distanzierter, streckt ihr einen riesigen Blumenstrauß entgegen und tritt ein.

Beim Anblick des liebevoll gedeckten Frühstückstisches wirkt er traurig. In sich gekehrt nippt er an einer Tasse Kaffee und gibt vor, sich gleich wieder verabschieden zu müssen.

Er umarmt Inge sanft, gibt ihr einen Briefumschlag und verschwindet. Auf dem Weg zum Gartentor glaubt sie noch ein „Lebwohl" zu hören.

Die Verwirrung ist nun komplett. Inge ist es gewohnt, geplättet zu sein nach jeder Begegnung mit Klaus. Jetzt ist es anders, sie ist irgendwie konsterniert.

Inge steht am Gartentor mit dem Briefumschlag in der Hand und sieht Klaus um die Ecke davonfahren. Kein Winken, kein Zurückschauen, er verschwindet einfach. Inge ahnt, es ist für immer.

Sie ringt um Fassung, bevor sie sich über den Brief macht, es kann nichts Gutes darin stehen.

Zwei Blätter kommen zu Tage, ein Verzeichnis mit den Adressen von Galerien, mit dem Vermerk:

„Sie werden sich bei Dir melden, male fleißig!"

Auf dem zweiten Blatt kommt Klaus zur Sache.

Liebe Inge!

Die Zeit mit Dir war ein Geschenk für mich. Ich will sie beenden, bevor es zu weh tut.

Ich bin unheilbar krank, ich habe Krebs und vielleicht noch ein halbes Jahr zu leben.

Ich bin zurück in meine Heimat gekommen, um die letzte Zeit bei meiner Tochter zu verbringen.

Leider musste es so kommen, bei unserem ersten Tanzkurs hast du eine Beziehung verhindert. Heute muss ich Dir eine Absage erteilen.

Das Schicksal hat es so gewollt. Ich war immer in Dich verliebt.

Lass es uns als Glücksmomente betrachten, die wir gehabt haben.

Bitte stelle keine Nachforschungen an, ich möchte in Erinnerung bleiben, so wie wir uns heute getrennt haben.

Außerdem bitte ich Dich, Dein Talent auszuleben und meinen Empfehlungen gerecht zu werden.

In Liebe Klaus

Sie sitzt am gedeckten Frühstückstisch, alleine, mit einer Lawine von Eindrücken. Ein Wechselbad von Gefühlen durchflutet sie.

Es ist nicht nur Wehmut, Klaus war eine schöne Episode in ihrem Leben. Eine glückliche Begegnung, die sie unendlich bereichert hat.

In ihrem Alter musste sie damit rechnen, verlassen zu werden, um attraktiveren Frauen den Vortritt zu lassen. Das wäre für sie schmerzhaft gewesen.

Klaus meinte es ehrlich, beide haben es genossen, sich begegnet zu sein. Dieser Ausflug in einen Traum wird eingeholt vom Schrecken des Alterns.

Ohne sein Ende vor Augen, wäre Klaus nicht so überschwänglich herzlich gewesen und seinen Weg weitergegangen, erfolgsverwöhnt und weltoffen. Der Ausflug ins Glück hat beiden gefallen, er konnte nur unter diesen Umständen gelingen. Inge hat sozusagen den Rahm abgeschöpft von seiner Karriere.

Es war gut so wie es ist, schön, dass sie es erleben durfte. Es braucht keine Wehmut aufkommen, das Leben geht weiter, allerdings auf der Bühne der Siebzigjährigen.

Mit dieser Begegnung wird Inge auf eine neue Ebene katapultiert, sie wird es jetzt viel leichter haben und sich wieder auf ihre Malerei einlassen. Sie macht große Schritte vorwärts und wird angetrieben vom Ehrgeiz. Der pure Zufall kam ihr zu Hilfe, wie schon öfter in ihrem Leben hatte sie eine entscheidende Begegnung im richtigen Moment.

Inge fühlt sich jetzt als Künstlerin, befreit von Selbstzweifeln ist sie in den Olymp der interessanten Maler gestiegen. Wenn auch nur in der Provinz. Sie richtet sich ein zwischen den Lebenden, den Erfolgreichen, aber auch Kranken und Sterbenden. Sie ist über siebzig.

Das Ringen um Realitätsbewältigung geht weiter, nur auf einer höheren Ebene, mit mehr Aussicht auf Erfolg.

Ihr Honorar für das verkaufte Bild wird überwiesen, ihr Konto gibt Anlass zur Freude. Inge glaubt sich zu entsprechenden Leistungen verpflichtet. Jetzt muss sie liefern, das unbeschwerte vor sich Hinpinseln ist zu Ende. Sie nimmt die Herausforderung an.

Sie hat sich den Erfolg erkämpft, an sich geglaubt und kann diese Errungenschaft ausleben und ihre Ängste verbannen. Inge wird Stärke zeigen, ihr Alter befähigt sie dazu. Hier kann sie den Vorteil der Lebenserfahrung voll ausspielen.

Der Galerist

Holger Wittgenstein, ein erfolgreicher Galerist in München, nimmt Kontakt mit Inge auf. Ausgerechnet dieser renommierte Wittgenstein, er beherrscht die Kunstszene wie kein anderer. Er ist überaus erfolgreich, dank seiner Kontakte zur geldigen Bussi-Bussi-Gesellschaft.

Ein Milieu, das Inge nicht anspricht, hier tummeln sich Neureiche und Angeber. Es wird richtig Geld umgesetzt. Der übergewichtige Wittgenstein brilliert im bunten Anzug mit Ringen an den Fingern und Champagner in der Hand. Stets bedacht, jeden seiner kunstsammelnden Freunde persönlich zu begrüßen. Eine Umarmung mit Bussi und wertschätzendem Smalltalk dürfen nicht fehlen.

Inge erlebte ihn mehrmals auf Vernissagen, mit ihm hat sie jetzt wirklich nicht gerechnet. Ermutigt durch die Empfehlung von Klaus Wernberg, will sie diesem Wittgenstein die Stirn bieten.

Warum auch nicht? Man kann durchaus auch oben anfangen, wenn man ganz unten ist, wie Inge.

Holger Wittgenstein meldet einen Atelierbesuch bei Inge an. Sie backt Kuchen und stellt einige Bilder auf, in ihrem Wohnzimmer. Wände zum Hängen hat sie nicht. Ein Atelier schon gleich gar nicht.

Inge wählt legere Kleidung, deckt einen bunten Tisch im Garten und versucht ruhig zu bleiben.

Holger Wittgenstein, der Gigant am Galeriehimmel, kommt durch ihr Gartentor. Ein stattlicher Mann mit Dreitagebart, Jeans und Pullover, steht vor Inge.

Als erstes bietet er das Du an. Holger strahlt über das ganze Gesicht, alle Unsicherheit verfliegt sofort. Inge erinnert sich an Klaus, auch er war immer offen, zugewandt und unkompliziert.

Diese Hürde ist schon mal genommen. Der freundliche Holger ist überrascht vom Ambiente, normalerweise erwartet ihn ein grauer Hinterhof, eine aufgelassene Fabrik oder ein baufälliger Bauernhof.

Inge kommt ins Erzählen, wie sie zur Malerei kam, warum sie kein Atelier hat und das Schicksal sie hier zusammenführt.

Der Galerist gibt sich interessiert, er sucht laufend nach Neuem auf dem Kunstmarkt. Gerne gibt er Einblicke in sein Bemühen, den Schauplatz

Galerie spannend zu gestalten. Immer neue Überraschungen, ob schockierend oder gefällig, halten die Vernissagen exklusiv. Sein Ruf des Besonderen muss mit Außergewöhnlichem kombiniert werden, keine leichte Vorgabe für Holger.

Er lässt sogar durchblicken, dass auch bei ihm nur mit Wasser gekocht wird, der Hauch von Genialität muss allerdings immer aufsteigen. Das ist nicht so schwer, jeder Künstler ist einmalig, exklusiv und genial, das richtige Umfeld macht ihn zum Überflieger.

Inge passt auf, gelassen zu bleiben, wieder erlebt sie dieses Gemisch aus einer bunten Scheinwelt, unterlegt mit dem Dazugehören wollen zum Kreis der reichen Menschen. Einem Gebilde aus Können, Besitzstreben und Lebensfreude. Das ist es, die Kunst soll Glück erzeugen, es macht sie für die Welt so wertvoll und unverzichtbar.

Ihre Gedanken schweifen ab, sie will einem Alphatier der Szene ihre eigenen Bilder verkaufen.

Ein Exemplar hat sie in den Apfelbaum neben dem Kaffeetisch gehängt. Sie ist davon überzeugt, der Baum und das Bild ergänzen sich perfekt. Jeder gewinnt vom anderen.

Holger kann seinen Blick gar nicht mehr abwenden, schmunzelnd äußert er sich zu dieser Idee. „Du hast es drauf und verstanden, wie Kunst präsentiert wird, es muss einfach gut sein. Dieses Bild im Baum ist wie eine Fata Morgana, es ist gar nicht mehr wegzudenken."

Lachend begeben sie sich ins Wohnzimmer mit weiteren Arbeiten von Inge.

Jetzt wird es spannend, Holger betrachtet und sagt lange nichts. Er verhält sich ähnlich wie Klaus, ihre Kinder und eigentlich alle, die diese Bilder zum ersten Mal sehen.

Das verursacht eine tiefe Verunsicherung bei Inge, sie würde am liebsten im Boden versinken, kann aber nichts daran ändern. „Wer sich weit aus dem Fenster lehnt, kann abstürzen", denkt sie und beginnt, die Kaffeetassen abzuräumen.

Endlich findet Holger seine Sprache wieder: „Deine Arbeiten sind ungewöhnlich, sie liegen voll im Trend der Zeit. Ich habe eine Idee und werde die Bilder abholen lassen."

Mehr will er noch nicht verraten, wenn Inge ihm vertraut, macht er ein

Experiment, einen Plan, wie er die Arbeiten in einer seiner künftigen Vernissagen präsentieren kann. Er wird Inge nicht als ruhmlosen Newcomer vorstellen, sondern als eine Rakete am Kunsthimmel starten lassen. Wie das geht? Inge lässt ihm freie Bahn. Immerhin entzieht er sich der Situation nicht mit Ausreden, um sich schnell mit vagen Versprechungen zu verabschieden.

Dennoch entschuldigt er sich schnell, er müsse Telefonate führen und einen Wagen schicken, der die Bilder abholt. Soviel will er noch verraten, die Arbeiten von Inge kommen gerade recht, er hat eine Idee, wofür sie genau richtig sind. Als hätte er darauf gewartet. Wenn sein Kunde einverstanden ist, können ihm alle diese Bilder verkauft werden. Aber keine Angst, er wird sie in seiner Galerie präsentieren, sie sind dann allerdings schon verkauft. Sie werden alle einen roten Punkt haben, das ist überwältigend für die Besucher. So bringt man Neues mit einem Paukenschlag ins Rennen um die Gunst der Käufer.

Einen Tipp hat er noch für Inge, er braucht wenigstens einige verkäufliche Arbeiten, damit seine Kunden etwas Futter haben. Die Preise würden der Situation angepasst werden, also relativ hoch sein.

Augenzwinkernd eilt Holger davon, Inge bleibt wieder mit gefühlt offenem Mund zurück, sie ist erneut geplättet vom Kunstmarkt. Holger wirkt wie Klaus dynamisch, unkompliziert, einfach umwerfend zuversichtlich. Das Kunstgeschäft scheint ein bunter Jahrmarkt zu sein, zumindest für die Macher dieser Branche.

Sie bleibt noch eine Weile im Garten sitzen, betrachtet das Bild im Apfelbaum und versucht, das Erlebte zu verarbeiten. Sie kann über sich selbst schmunzeln. Die Idee mit dem Bild im Baum ist echt abgefahren, Inge passt sich der verrückten Szene an. Es ist frech, aber außergewöhnlich. Eine Idee von ihr, die sie angesprungen ist. Ohne diese Erfahrungen mit den Machern der Kunstszene wäre sie nie darauf gekommen, solche Verrücktheiten zu vollbringen. Nähert sie sich ihrer neuen Rolle an? Vielleicht ist alles nur eine Einbildung und es wird ein Schlag ins Wasser?

Was solls, Inge hat nichts zu verlieren, sie wird sich voll auf dieses Abenteuer einlassen. Sie hat ein gutes Gefühl mit Holger Wittgenstein, auch wenn sie keinerlei Ahnung hat, wie es nun weitergeht.

Und es geht weiter, rasant! Nach einer ruhigen Nacht mit einem erholsamen Schlaf hat Inge das Gefühl, alles ist stimmig, alles passt. Sie schwimmt auf einer Welle sicher zum Erfolg. Sie muss nicht steuern, nicht überlegen, nur mitmachen.

Telefonisch kündigt Holger die Abholung der Arbeiten an. Der Fahrer wird eine Quittung für die Übergabe dabei haben, die den Wert der Bilder bestätigt, als Grundlage für die Versicherung.

Kaum hat Inge aufgelegt, fährt auch schon das Auto vor. Ein kleiner Lieferwagen mit der Aufschrift eines Logistikunternehmens.

So schnell hat Inge noch keine Vorkehrungen getroffen, die Bilder werden in Tücher und Luftpolsterfolien gewickelt und in passenden Transportkoffern verstaut. Die beiden Mitarbeiter, eine Frau und ein Mann, tragen weiße Handschuhe, sie sind umsichtig und freundlich. Noch bevor sie ein Bild anfassen, geben sie Inge eine Quittung. Die Bilder werden auf einen Wert von 40.000 Euro beziffert und versichert. Genaueres können die Angestellten der Logistikfirma nicht sagen: „Soviel wir wissen, gehen die Arbeiten nach London. Wir bringen die Koffer nur zum Flughafen. Es ist eine größere Lieferung für eine Ausstellungseröffnung."

So schnell wie sie gekommen sind, fahren sie auch schon davon. Inge bleibt wie immer erstaunt zurück. In dieser Branche klappt alles wie am Schnürchen, die Pläne werden geschmiedet, umgesetzt und mit Paukenschlag offeriert. Der Rubel rollt wie ein fahrender Zug. Die Show wird inszeniert, der Preis spielt keine Rolle, kein Gewinn ist zu hoch, die Grenzen nach oben werden einfach weggedacht.

Ein Galerist muss einen Riecher haben für das Besondere, oder ist es nur ein Hauch von genialer Ausdruckskraft, den der Betrachter erahnen will. Inge bleibt zurück, ohne ein einziges Bild in ihrem Wohnzimmer, ohne Atelier, dafür mit hoher Erwartung auf das Kommende.

Sollte der Plan von Holger aufgehen, werden neue Bilder von ihr erwartet. Die müssten natürlich gut sein, sehr gut, vielleicht noch besser als die abgeholten.

Die Vorgehensweise ist klar, Inge soll malen, malen, malen.

Noch dazu kommen weitere Anfragen von Galeristen, die Klaus benachrichtigt hat. Jetzt heißt es, einen klaren Kopf behalten und planmäßig vorgehen. Zunächst will sie den Deal mit Holger Wittgenstein perfekt durchziehen. Die weiteren Anfragen werden freundlich beantwortet, mit der Bitte um Geduld.

Inge gerät in einen Leistungsdruck, das könnte sich nachteilig auf ihre Kreativität auswirken. Jedes Bild braucht seine Zeit, es muss immer weiterbearbeitet werden, bis es stimmig ist und passt. Diesen Prozess will sie nicht beschleunigen und redet sich ein: „Wer sich rar macht, macht sich wichtig." Damit will sie sich eine Brücke bauen, hoffentlich trägt sie auch.

Das Malen unter Erwartungsdruck ist anders, als ihr freies Schaffen vorher.

Jetzt kommt Inges Lebenserfahrung zum Tragen, sie macht sich die veränderte Situation deutlich und versucht, besonnen zu agieren, um in ihre kreative Schaffensphase zurückzufinden. Sie wird allerdings langsamer, viel langsamer und hoffentlich immer besser.

Natürlich wird diese Hoffnung überschattet von Selbstzweifeln. Die Augen der Öffentlichkeit sind auf sie gerichtet, diese Erwartungen können unmöglich erfüllt werden. Wenn jetzt Klaus an ihrer Seite wäre, er könnte alle Ängste wegwischen.

Doch er hat selbst kapituliert, der Bogen seines Lebens verliert die Spannung. Wie wird es ihm ergehen?

Inge denkt oft an Klaus, will allerdings nicht an seiner Entscheidung rütteln, ihn nicht ausfindig machen und diese Begegnung als wunderschön in Erinnerung behalten.

Sie ist sich bewusst, dass Klaus ihre Aktivitäten mit den Galeristen genau beobachtet. Er wird über sie wachen, wie ein lebendiger Schutzengel und ihr den Rücken stärken. Inge fühlt sich gut damit und macht sich an die Arbeit und malt täglich mindestens eine Stunde.

Freunde

Es kehrt Ruhe ein im Haus von Inge. Der Alltag macht sich wieder breit. Sie ist wie abgehoben auf einer anderen Ebene. „Wie im Urlaub", denkt sie sich. Genauso fühlt es ich an, wenn man von einer schönen Reise zurückkommt. Ihre Welt ist viel weiter geworden, ihr Alter hat sich relativiert, sie ist wieder in ihrer Endloszeitschleifen-Wohlfühlatmosphäre angekommen. Wenigstens für einige Tage spielten ihre 70 Jahre keine Rolle.

Es wird ihr immer klarer, man muss aktiv und interessiert bleiben. Das Abenteuer mit der Malerei bringt ihr den nötigen Schwung.

Sie hat ja ihr beschauliches Leben immer noch, es tut ihr gut, einen sicheren Platz darin zu haben, sollte sie als Künstlerin scheitern.

Doch die Freunde um sie herum werden immer weniger, Inge musste schon auf Beerdigungen gehen. Zwei Freundinnen leiden an Krebs im fortgeschrittenen Stadium.

Im Schwimmbad fehlt Manfred. Es wird ihm doch nichts passiert sein? Inge hat keinerlei Beziehung zu ihm, dennoch fehlt der freundliche Gruß und der unverbindliche Smalltalk. Auch Manfred kann einmal verhindert sein, hoffentlich ist er nächste Woche wieder da und zieht seine Bahnen.

Ihre Aktivitäten mit dem Galeristen hält Inge noch geheim, sie will abwarten, wie sich alles entwickelt. Diese Wendung in ihrem Leben wird ihr niemand glauben.

Darum hält sie hinter den Berg mit den brisanten Neuigkeiten. Beim Brunch mit den Freundinnen wirkt sie allerdings fröhlicher, was sofort bemerkt wird. Eva fragt: „Du bist so aufgekratzt, du hast wohl einen Liebhaber, gib es zu?"

Inge kann sich ein süffisantes Grinsen nicht verkneifen. Sollen die Mädels doch im Dunkeln tappen, sie wird sie noch eine Weile zappeln lassen. Was sie zu verbergen hat, kann sich wirklich sehen lassen, die werden sich bald wundern. Darum lenkt sie das Thema einfach auf Maria, die sichtlich abgenommen hat.

„Bei mir läuft's so la la, aber du Maria, schaust verjüngt aus, so frisch und hübsch."

Maria strahlt über das ganze Gesicht: „Ich mache Intervallfasten! Nach meinem Schulterbruch wäre ich nur noch in die Breite gegangen. Mein Arzt hat mir diese Art von Fasten empfohlen. Das habe ich durchgezogen und bin sehr erfolgreich und glücklich. Es sind schon acht Kilogramm an mir verschwunden. Ich möchte es beibehalten, damit noch weitere Kilos purzeln."

Der Schulterbruch ist durch einen Unfall mit dem Fahrrad passiert. Jetzt ist das Schultergelenk geheilt, Maria ist schlanker und aktiver denn je. Sie hat aus der Not eine Tugend gemacht. Die Freundinnen sind begeistert und wollen mehr Informationen. Eva möchte auch Intervallfasten und Inge ist froh, von ihrer Person abgelenkt zu haben.

Die Ernährungsweise des Intervallfastens beruht auf langen Essenspausen, in denen sich der Körper regeneriert und Fettreserven verbrennt. 16 Stunden fasten und 8 Stunden essen was schmeckt. Diese Vorgaben locken an, sie erlauben das Essen ohne Einschränkungen in einem Zeitraum von 8 Stunden. Diese vage Vorstellung trügt, natürlich sollte man sich auch hier um eine gesunde Ernährung bemühen.

Inge kommt mit sich ins Hadern, Radfahren ist gesund und Gewicht verlieren noch gesünder. Maria fährt schon wieder Rad, sie will fit bleiben und schätzt die unkomplizierte Fortbewegung auf kurzen Strecken.

Inge gibt zu bedenken, dass der Verkehr immer mehr wird und die Radfahrer gefährlich leben. Das schreckt die Freundinnen nicht ab, sie radeln fast alle. Mit dem Autofahren werden sie allerdings immer unbeholfener. „Wie fahre ich da hin? Es sind so viele Baustellen! Da ist doch eine Einbahnstraße! Wo soll ich denn parken?"

Das Rädchen nehmen und losradeln ist eine schöne Gewohnheit der Damen. Aber wie verhält es sich mit den Risiken im Alter? Stürze passieren schneller, die Folgen sind schlimmer als bei jungen Radlern. Ältere Frauen verlernen oft das Autofahren, werden immer unsicherer und ziehen sich gerne zurück. So manche bemerkt es gar nicht, dass ihre Welt immer kleiner wird. Sie kreisen nur um sich selbst und um den Erhalt ihrer Figur und Gesundheit.

Eine immer schnelllebigere Umwelt wird einfach ausgeklammert. Sie fahren mit dem Rad zum Kaffeeklatsch im nahegelegenen Restaurant, machen Spaziergänge und Arztbesuche und sind nur mit sich selbst beschäftigt.

Die Themen gehen nicht aus, übers Radeln zum Intervallfasten und wieder zurück. Man will jung bleiben und schlank, sich dem Alter entgegenstemmen, aber in der Komfortzone der Häuslichkeit bleiben.

Für Inge steht die Freiheitsliebe im Vordergrund, sie braucht das Auto, um sich Tag und Nacht überall bewegen zu können. Die Unfallgefahr und das Wetter halten sie erfolgreich vom Radeln ab.

Eva löst das Problem, indem sie am Abend einfach nicht mehr weggeht. „Es ist so schön zuhause, ich mache es mir gemütlich, da bringen mich keine zehn Pferde mehr aus dem Haus."

Auch Maria will in der Nacht daheim sein. Sie plant ihre Aktivitäten umständlich, überlegt erst, ob das Wetter schön wird und kann nur zum Essen gehen, wenn es in ihren Intervallfastenplan passt.

Von derartigen Problemen ist Inge nicht geplagt, manche Freundinnen werden zu langweilig für sie. Rückzug, Krankheit und sogar Tod dezimieren Inges Bekanntenkreis.

Was bleibt ihr also übrig, sie sucht sich neue Freunde, wird kreativ und malt und malt. Für ein Bild braucht sie zwei Wochen bis sie zufrieden ist. Wenn das so weitergeht, kann sie die Galeristen nicht beliefern.

Herr Baldwin, ihr Glücksgalerist, den sie mit Klaus besucht hat, bekommt dieses erste fertige Bild.

Er hat sich als erster angemeldet und wird natürlich gerne bedient. Bei seiner nächsten Ausstellung wird dieses Bild genau an der gleichen Stelle hängen, wie ihr erstes Verkaufsobjekt.

Die Entwicklung der Dinge macht Inge glücklich, es ist ihr egal, wie das Wetter wird, Intervallfasten lässt sich nicht in ihren Tagesablauf einbauen, es würde ihre Freiheit einschränken.

Die Zeit ist wieder spannend. Genauso, wie sie es liebt, jeder Tag eine neue Herausforderung.

Jetzt ist sie wieder ganz ohne fertiges Bild, darum ist Malen angesagt.

Dieser Zwang zum Produzieren wirkt sich behindernd auf Inge aus, doch sie lässt sich nicht in die Enge treiben, bindet sich ihre Malschürze um und macht sich an die Arbeit. Die Situation will gemeistert werden, genauso hat sie es doch gewollt.

Die Herausforderung ist es, die Inge antreibt. Jetzt hat sie auch noch die realistische Chance auf Erfolg. Diesen Stier packt sie an den Hörnern und arbeitet flott drauf los. Die nächsten Bilder entstehen zügig, zur Zufriedenheit der Malerin.

Es bleibt die Notwendigkeit der stetigen Selbstmotivation.

Ein Brief der Galerie Wittgenstein flattert ins Haus und am Abend ist die Ausstellungseröffnung bei Baldwin.

Inge geht natürlich hin zur Baldwin-Galerie. Sie erinnert sich an den Besuch mit Klaus, insgeheim hat sie etwas Angst, ihm dort zu begegnen. Hat sich Klaus vollständig zurückgezogen, oder erscheint er ab und an doch irgendwo? Sie betritt die Galerie, wie gelernt, eine halbe Stunde nach Ausstellungseröffnung. Und siehe da, ihr Bild hängt an gewohnter Stelle an der schneeweißen Wand gegenüber dem Eingang, und! es klebt ein roter Punkt am kleinen Namensschild.

Inge erschrickt innerlich, versucht es aber zu verbergen. Schließlich muss sie als Künstlerin cool bleiben. Sie versucht, sich unauffällig umzusehen, ob sie Klaus zwischen den Besuchern entdeckt.

Er ist nicht da, natürlich nicht, er würde sich nicht für immer verabschieden und dann doch zwischen den Gästen auftauchen. Wenn, dann hätte er sie verständigt. Klaus hat Stil, hoffentlich geht es ihm gut.

Herr Baldwin eilt erfreut auf Inge zu und gratuliert ihr zum Verkauf. „Liebe Frau Liebhard, ihre Bilder sind mein Verkaufsschlager! Kaum habe ich eines aufgehängt, ist es schon verkauft!"

Frau Insam hat sofort wieder zugeschlagen. Schon kommt sie herbei und begrüßt Inge. „Sie machen sich ja sehr rar, da muss man sich ranhalten um eines zu erwischen."

Im Gespräch wird deutlich, Frau Insam kauft hauptsächlich, weil Inge mit Klaus Wernberg erschienen ist. Der wird niemanden empfehlen, der nicht durch die Decke schießt. Sie vergisst nicht zu erwähnen, dass ihr Inges Arbeiten sehr gefallen. Es hat sich auch herumgesprochen, dass sie bei Wittgenstein eingeladen ist.

Herr Baldwin lächelt süffisant und hält sich zurück. Die Situation ist speziell, Inges Bilder würden sich bestens verkaufen, aber er hat nur ein Exemplar in der Ausstellung.

„Besser so, als umgekehrt!", lobt Baldwin und geleitet Inge durch die Galerie. Er stellt sie eifrig seinen Kunden vor. Irgendwie übernimmt er die Rolle von Klaus, er vermittelt ihr Sicherheit, lädt sie zum anschließenden Umtrunk mit Häppchen ein und bittet sie wie beiläufig um weitere Arbeiten.

Wie soll sie seine Wünsche erfüllen? Im Brief der Galerie Wittgenstein liegt ein Flugticket nach London.

Die offensichtlich gut betuchte Frau Insam weicht Inge nicht mehr von der Seite. Selbstverständlich ist sie auch bei der kleinen Feier nach der Vernissage dabei. Angela Insam ist eine treue Kundin, sie wird natürlich bevorzugt behandelt. Sie ist ernsthaft dabei, sich eine Kunstsammlung aufzubauen. Auf der Suche nach jungen Talenten, die noch bezahlbar sind, aber immer wertvoller werden, lässt sie sich von Galeristen beraten und landet ausgerechnet bei der siebzigjährigen Inge, ein neues Erlebnis für Angela Insam. Inge ist eine Künstlerin, die greifbar ist und mit namhaften Männern aus der Kunstszene unterwegs, da will sie mitmischen.

Ein Atelierbesuch von Frau Insam lässt sich nicht vermeiden. Auch als Inge beschwichtigt, sie hätte gar kein Atelier und würde einige Tage verreisen, lässt sich die Frau nicht abschütteln. Sie bietet Inge das Du an und dem nicht genug, sie will mit ihr nach London reisen.

Der Gedanke ist Inge sympathisch, sie verreist ungern alleine und hätte eine solche Gelegenheit zum Mitreisen auch ergriffen, falls sie sich ergeben hätte.

So schließen Inge und Angela Freundschaft und vereinbaren einen Kaffenachmittag zur Reisebesprechung im Wohnzimmeratelier bei Inge.

London

Der Besitzer des Londoner Unternehmens Johnson and Limmer ist eng mit Holger Wittgenstein befreundet. Es bot sich an, sein neues Geschäftshaus an der Themse mit einem Kunstevent zu eröffnen.

Die Einweihung soll mit einem Paukenschlag inszeniert werden. Holger Wittgenstein wird dabei helfen. Eine aufsehenerregende Vernissage soll Besucher anlocken und für den Unternehmer, wie auch für den Galeristen, zu einer Win-Win-Situation werden.

Zwei aufstrebende Künstler wurden ausgesucht, die in den noch nicht eingerichteten Büroräumen ausstellen sollen. Die großen, weißen Wandflächen werden zur Projektionsfläche für die Arbeiten. Auf den langen Fluren gibt es Champagner und Fingerfood. Das Publikum soll genießen, kaufen und das neue Imperium wahrnehmen.

Für die Eingangshalle suchte man nach einer Gestaltung, die einen Aufbruch signalisiert, sie soll dynamisch und lebensfroh wirken. Dafür hat Holger nun die Bilder von Inge eingeplant.

Wochenlang ging er mit dieser Idee schwanger, bis er die Lösung bei Inge daheim im Wohnzimmer fand.

Ihre Bilder strahlen Zuversicht und Erfolg aus, sie sind frech, mit ihnen gibt sich die Firma siegessicher. Das ist genau die richtige Stimmung für den Eingang. Alle zwölf Bilder von Inge hängen unregelmäßig versetzt an der großen Wand in der Lobby des Konzerns. Unter den Bildern sitzt eine adrette Empfangsdame an einem ellenlangen Tresen.

Holger Wittgenstein war sich nicht ganz sicher, doch sobald die Bilder hingen, ging sein Plan auf, die Wirkung ist überzeugend, der Kunde kauft.

Etwas Neues musste es sein, was es so noch nicht gab. Viele Bilder zusammen ergeben ein Ganzes. Symbolisch für den Erfolg der Firma, steht jedes Teil für Tatkraft und Leidenschaft und bildet eine überzeugende Einheit.

Der Unternehmer ist vollends angetan, die Bilder sind verkauft, bevor die Ausstellung beginnt. Genauso, wie Holger es geplant hat, er kennt seinen Freund genau. Der Plan geht somit auf, Inge kommt zur Eröffnung, nachdem ihre Bilder schon verkauft sind. Ihre neue Freundin und

Begleiterin Angela ist völlig von den Socken. Sie würde alles kaufen, wenn es nur von Inge ist. Der Mangel macht hier schon wieder den größten Anreiz.

Alles soll nach Plan verlaufen. Diese Installation der Bildergruppe wird fotografiert, natürlich von Profis. Dann wieder abgehängt und in der Galerie in München gezeigt, als verkauft gekennzeichnet und als Sensation aus London präsentiert.

Die Fotografien gestalten den Flyer zur Ausstellung für die Schaufenster und Wände der Galerie Wittgenstein in München. Dazwischen hängen stolz die Originale mit dem roten Punkt und mittendrin steht Inge, die immer klarer erkennt, was Kunstmarkt bedeutet.

Natürlich versäumt Holger nicht, die zwei Hauptakteure der Londoner Ausstellung mit zu vermarkten. Auch ihre Bilder werden aufgehängt, die Künstler sind anwesend. So werden zwei Fliegen mit einer Klappe geschlagen, London inspiriert München, man befruchtet sich gegenseitig. Das Firmengebäude des Londoner Unternehmers wurde glanzvoll eröffnet und München streift der Hauch der Weltmetropole. Der Markt boomt. Das Publikum ist angetan, kauft und staunt.

Drei neue Arbeiten von Inge können zum Verkauf angeboten werden und finden, wie zu erwarten, sofort einen Käufer. Angela Insam hält sich zurück, Holger hat sie darum gebeten, er will verkäufliche Werke der Künstler in seiner Galerie anbieten. Wäre alles veräußert, könnte der Eindruck entstehen, in der Galerie Wittgenstein herrscht Mangel an Ware. Man will nichts übertreiben.

Angela zählt sich jetzt zum Insiderkreis und kauft nur bei Inge direkt, genauso, wie es sich für professionelle Sammler gehört.

Die zwei werden so was wie Freundinnen, sie unternehmen viel zusammen, die Interessen stimmen überein. Galeriebesuche, Vernissagen, Lesungen sorgen für angenehme Freizeitgestaltung in der Zeit zwischen der Arbeit an den Bildern.

Inge fühlt sich in einer anderen Welt, sie spürt keine Altersbeschwerden, es kommt keine Langeweile auf, ihr Bekanntenkreis erweitert sich wohltuend.

Auf die Empfehlungen von Klaus melden sich Galeristen, Inge will sie nicht vor den Kopf stoßen und schaut persönlich vorbei. Sie hat jetzt die perfekte Begleitung. Angela Insam hat immer Zeit, das Herumtingeln bei Galeristen ist genau ihr Ding. Man ist inzwischen mit allen per Du, mit Holger, Anselm, Marietta, Peter, Wolfgang usw. Alle haben sich lieb und finden sich toll, ob vorgetäuscht oder ehrlich, spielt keine Rolle. Die Show läuft.

Die erfahrene siebzigjährige Inge übt Gelassenheit, sie weiß, bodenständig bleiben ist das Gebot der Stunde. Sie hat keinerlei Verdienste erworben, sondern nur eine sehr hilfreiche Begegnung gehabt. Die Gefahr ist groß, sich zu blamieren und schnell wieder abzustürzen. Darum besinnt sie sich auf Praktiken, die beschrieben werden, um mit der Arbeit voranzukommen.

Es ist hilfreich, feste Zeiten für künstlerisches Schaffen einzuhalten. Am Vormittag und am späten Nachmittag steht sie jeweils zwei Stunden an ihrem Maltisch im Wohnzimmer. Sie will produzieren, dabei gezielt vorgehen und den Ball am Laufen halten.

Das ist nicht so schwer, doch um sie herum staut sich die Hausarbeit, der Staub liegt auf den Möbeln, im Garten sprießt das Unkraut. Inge geht mit dem Hund spazieren und plant sich neu. Eine Haushaltshilfe muss her, das Kochen wird reduziert und die Wäsche nicht mehr gebügelt. Sie braucht Platz für Kreativität, dafür wird das Wohnzimmer allerdings zu klein. Farbtuben, Gläser mit Pigmenten, angefangene Leinwände, Behälter für Grundierungen, Firnis, Terpentin und Pinsel beherrschen ihren Wohnraum. Der Geruch nach frischen Farben und Chemikalien liegt über der Szenerie.

Alles gut und schön, solange der Kaffeetisch im Garten gedeckt werden kann, lässt es sich aushalten. Doch Inge wäre nicht Inge, hätte sie nicht einen Plan B.

Das Atelier

Die Ausflüge in die Kunstszene beflügeln Inge und Angela. Genauso haben sie sich das vorgestellt, laufend neue Erlebnisse und Kreativität um sich herum. Die beiden sind gerne gesehen, werden sogar eingeladen. Mit Angela an der Seite kommt Inge besonders gut an. Die Sammlerin kauft gerne eine Arbeit auf, an Vermögen scheint es ihr nicht zu mangeln. Angela lässt sich vertrauensvoll beraten, diese Eigenschaft ist bei Galeriebesitzern beliebt, vor allem, wenn ihr Rat mit einem Ankauf befolgt wird.

Angela hat Platz für Kunst, sie ist stolze Besitzerin eines Anwesens am Stadtrand. Es ist ein ehemaliger Bauernhof mit renovierten Nebengebäuden. Lagerschuppen und Stallungen wurden ausgebaut und mehr und mehr zum Museum.

Angela könnte selbst Galeristin werden, diese Idee beschäftigt sie schon lange. Bei den Galeriebesuchen mit Inge reift die Vorstellung, eigene Ausstellungen zu planen. Ein reizvoller Gedanke, sie kann dann selbst Künstler ansprechen, ihnen eine Bühne bieten und vielleicht günstig an aktuelle Arbeiten kommen.

„Teuer kann ja jeder!", meint Angela, auch wer viel Geld hat, will günstig kaufen.

So kann es nicht ausbleiben, das Platzangebot bei Angela schreit nach Auslastung. Inge malt bisher im Wohnzimmer, sie muss sich mehr Raum schaffen und Angela hat genug davon. Das Anwesen muss belebt und künstlerisch bespielt werden.

Inge bekommt das Angebot, in der noch leeren Maschinenhalle des Hofes zu arbeiten. Der große hohe Raum mit viel Licht begeistert und kann nicht ausgeschlagen werden.

Inge blüht auf, nie wäre ihr dieser Schritt gelungen, hätte sie Angela nicht getroffen. Wieder ist es eine zufällige Begegnung, die sie aus den provisorischen Verhältnissen herausholt.

Beide haben etwas davon, ganz so, wie das im Idealfall sein soll. Die alten Landmaschinen werden Liebhabern angeboten. Ein Inserat in der regionalen Zeitung wird geschaltet und die Interessenten eilen herbei. Drei besondere Maschinen dürfen bleiben, sie unterstreichen das Flair des Raumes. Es ist immer noch eine Maschinenhalle mit einfachen hohen Glasfenstern, weißen Wänden und einem betonierten Fußboden. Alles ist reduziert, schlicht und kahl, die Kunst kann hier voll zur Entfaltung kommen. Die antiquierten Maschinen erden den Raum als Wirtschaftsgebäude.

Jetzt hat sie ein Atelier, Inge steht etwas verloren in der großen Halle. Zögernd packt sie ihre Malutensilien zusammen, was umziehen muss, passt in zwei Wäschekörbe.

Bilder haben sich auch keine angesammelt, was fertig ist, geht sofort an die Galerien.

Wie soll sie sich hier einbringen? Ganz alleine, mit ihren relativ kleinen Bildern, Inge fühlt sich unwohl.

Angela erkennt sofort die Misere und bittet einen benachbarten Schreiner um Hilfe, er soll einen Tisch bauen für den Kaffeeautomaten, den sie liefern lässt. Schnell finden sich auch Sitzgelegenheiten, kleine Sessel, die nicht mehr gebraucht werden, bilden eine gemütliche Ecke.

Der Schreiner heißt Michael Maurer, er eilt sofort herbei, um den Auftrag zu besprechen. Der Kaffeevollautomat ist gemietet, er wird vorläufig auf der alten Sämaschine platziert und vorgeführt.

Schon bildet sich eine illustere Runde mit Inge, Angela, Michael und den Herren vom Kaffeeautomaten. Der Raum wird begutachtet, er ist zu groß und muss belebt werden. Michael hat sofort eine zündende Idee. Er ist mit Künstlern befreundet, die dringend eine Bleibe für ihre Aktivitäten suchen. Sozusagen einen Raum, der bespielt werden darf und öffentlich zugänglich ist. Die Gruppe wird sogar vom Kulturamt bezuschusst. Angela zeigt sich interessiert, aber Inge weiß nicht so recht, wie ihr da geschieht. Sie ist es gewohnt, ihr eigener Herr zu sein, um in Ruhe kreativ zu arbeiten.

Geselligkeit ist erstrebenswert, Inge stellt sich auf eine neue Situation ein. Im Notfall kann sie immer noch in ihr Wohnzimmer zurück. Darum lässt sie alles entspannt auf sich wirken.

Sie hält ihre festen Zeiten zum Malen ein, zum Atelier braucht sie lediglich 15 Minuten mit dem Auto. Ihren Maltisch hat sie mitgebracht. Sie ist es gewohnt, liegende Bilder zu bearbeiten. Inge ist immer so zeitig vor Ort, dass sie noch eine Runde mit dem Hund gehen kann, bevor sie mit dem Malen beginnt.

Gleich am ersten Morgen fallen ihr Farbspuren an der weißen Hofkatze auf. Die Farbe kennt Inge genau, sie hat am Abend noch mit ihr gearbeitet. Das Bild ist am Maltisch liegen geblieben und zum Schlafplatz des Kätzchens geworden. Scheinbar liebt das Tier den Geruch frischer Farbe und hat sich genüsslich drauf gewälzt. Die Haare auf dem Bild sind nicht zu übersehen.

Inge muss lachen, wie soll sie weiter verfahren? Die Katzenhaare in ihr Werk mit einbeziehen, oder sie einzeln abzupfen?

Sie entscheidet sich für das Letztere und zieht die Lehre daraus. Sie wird ihre Bilder künftig immer senkrecht aufstellen, bevor sie das Atelier verlässt.

Die heimatlosen Künstler treffen ein und begutachten den Raum. Wie zu erwarten, sind sie restlos begeistert. Der Deal mit dem Kulturamt wird gemacht. Es soll keine Kolonie oder feste Gruppe entstehen, sondern ein lockeres gemeinsames Ausprobieren, sozusagen ein Kreativraum für angehende Kulturschaffende. Die Örtlichkeit hat den besonderen Vorteil, es kann auch im Hof vor der Maschinenhalle gearbeitet werden. Vielfalt wird erwartet.

Doch vorerst kommt nichts, Inge arbeitet alleine im Atelier. Michael, der Schreiner aus der Nachbarschaft, schaut gerne vorbei. Die Kaffeeküche ist eingebaut, die geselligen Runden gehen weiter.

Auch Angela treibt sich gerne herum, kein Bild von Inge darf ihr entgehen, was ihr besonders gefällt, wandert in ihren Besitz. Sie machen einen Deal, alle drei Monate darf sich Angela ein Bild aussuchen, als symbolische Miete für das Atelier. „Vorläufig!", relativiert Inge. Sollten die Preise ihrer Arbeiten steigen, muss die Miete angepasst werden.

Alle sind mit der Abmachung zufrieden. Doch Angela ist immer besorgt, ein Bild zu übersehen, bevor es an Galerien geht.

„Das wird sich auch noch legen", scherzt Michael. Er versteht sich auffallend gut mit Inge. Ungefragt montiert er Leisten an die Wand zum Aufstellen oder Aufhängen von Bildern. Inge fühlt sich geschmeichelt. Er hat auf die Übergriffe der weißen Katze reagiert und Abhilfe geschaffen. Jetzt kann Inge am stehenden Bild arbeiten, der Maltisch dient nur noch als Ablageplatz für die Farben und Pinsel. Sie gewöhnt sich schnell um und ist für die Hilfe von Michael dankbar. Er erscheint am Morgen auf einen Kaffee und gelegentlich auch abends, man geht nahtlos zum Rotwein über. Es entwickelt sich eine Freundschaft. Die Zeit im neuen Atelier gestaltet sich mehr und mehr erfreulich.

Es ist nur die Ruhe vor dem Sturm. Eines Morgens liegen Zigaretten-stummel vor der Maschinenhalle. Inge öffnet die Türe zum Atelier, sie traut ihren Augen nicht, hier wurde eine Party gefeiert. Bierträger, Wodkaflaschen, Campingstühle, Discoscheinwerfer, Ghettoplaster, Essensreste, alles was das Herz begehrt, liegt wild verstreut herum. Was das Schlimmste ist, Inges Malutensilien wurden lieblos in eine Ecke geräumt. Geradeso, als würden ihre Sachen stören.

Inge war hoch motiviert auf einen kreativen Tag im Atelier eingestellt, sie hat gut geschlafen, ist guter Laune und voller Freude auf den Tag. Sie erwartet auch den Besuch von Michael, das muss sie sich insgeheim eingestehen.

Sie haben eine unausgesprochene Vereinbarung, Michael kommt vor der Arbeit vorbei und schlürft mit Inge einen Frühstückskaffee. Immer öfter bringt er Croissants mit, die Freude über diesen Tagesauftakt teilen beide.

Jetzt steht Inge wie angewurzelt vor dem Chaos, die Kreativszene ist aufgetaucht, sie wird nachts aktiv und ruht am Tage. So hatte sie sich das nicht vorgestellt.

Der Hof liegt friedlich inmitten der Natur, das weiße Kätzchen sonnt sich im Gras und die Vögel zwitschern geschäftig, nur Inge ist verärgert. Wie soll sie sich verhalten?

Die offensichtlich jungen Leute haben ihr neues Refugium in Beschlag genommen. Die Existenz von Inge war ihnen nicht bewusst. Sie wird hier als störend empfunden.

Inge denkt nicht daran, die Spuren zu beseitigen. Wie eine Erlösung naht Hilfe, Michael fährt mit seinem Lieferwagen vor.

Schreinerei Maurer - zuverlässig, professionell, ehrlich
Meisterbetrieb mit viel Liebe zum Detail!

Er kommt freudig auf Inge zu, bis er ihre wütende Laune erkennt. Mit einem Blick in die Halle wird ihm klar, die jungen Künstler haben etwas schwer missverstanden.

Michael hält die Papiertüte mit den Croissants hoch, schmunzelt, legt die Hand auf Inges Schulter und meint: „Frühstück."

Der Ärger ist wie verflogen, die Kaffeemaschine wird angeworfen, die kleinen Sessel entmüllt, Gelassenheit zieht ein. Grinsend sitzen sie da, nichts kann ihre Laune verderben.

Sie genießen sogar den Moment, er hat sie zum „Team" gemacht. Aus einer zufälligen Begegnung ist ein „Wir" geworden. Die nächtliche Party mutiert zum Kunstprojekt.

Mit einem Croissant in der Hand betrachten sie das Chaos, als wäre es ein Wunder. Michael legt seinen Arm um Inge und drückt sie fest an sich. So eine schöne Party, bei der nächsten werden sie sich beteiligen.

Michael und Inge genießen den Moment und den Morgen. Dann zückt Michael sein Handy und sucht die Nummer des befreundeten Künstlers heraus. Er schildert die Situation: „Oh, oh, wir kommen!", ist die Antwort.

Die zweite Tasse Kaffee wird in der Sonne vor dem Atelier getrunken. Nach und nach trudeln junge Künstler ein und setzen sich erst einmal dazu. Die Gruppe wird immer größer, man entschuldigt sich bei Inge. Es ist eine Tatsache, dass ihre Anwesenheit überhaupt nicht wahrgenommen und respektlos mit ihren Sachen umgegangen wurde. Das wird definitiv nie mehr passieren. Der Umstand, dass keine fertigen Arbeiten von ihr im Raum waren, hat zu dieser Fehleinschätzung geführt.

Inge wird bestaunt wie ein Wunder, noch nie haben die jungen Künstler von einer Malerin gehört, die alle Bilder sofort an Galerien liefert und sogar verkauft.

Jetzt hinterlässt Inge einen bleibenden Eindruck, niemand wird sie in der Gruppe je wieder übersehen. „Wie hast du das gemacht?", wollen sie wissen. „Das ist eine lange Geschichte", wiegelt Inge ab. Sie will jetzt nicht über Klaus und ihre Begegnungen reden. Es schmerzt sehr, alles ist noch zu nah.

Inge lebt mittendrin in dieser Blase der Ereignisse. Alles ist im Entstehen, noch nicht verarbeitet oder abgeschlossen. Ein Zustand in der Schwebe, wie in einem Traum. Sie will diesen Glücksfall ausleben, den eingeschlagenen Weg einfach weitergehen. Damit kann sie nichts falsch machen. Ihre Entscheidungen, allesamt aus dem Bauch heraus, erweisen sich als richtig, sie geben ihr Sicherheit und Kraft.

Der erstrebenswerte Zustand, alles richtig gemacht zu haben, lässt Inge auf einer Glückswelle schwimmen.

Die Maschinenhalle wird aufgeräumt, eine kleine Gruppe sitzt weiterhin in der Sonne und schmiedet Pläne für ein künftig abgestimmtes Miteinander.

Es soll eine Vernissage geben, alle beteiligten Künstler stellen aus, die Presse wird informiert, der Kulturreferent soll sprechen, möglichst auch der Bürgermeister. Es müssen hohe Wellen geschlagen werden, damit die Öffentlichkeit aufmerksam wird.

„Wie das in der Kunstszene so üblich ist", denkt sich Inge und hat keine Ahnung, mit welchen Arbeiten die Gruppe hier punkten will. Es ist nicht in ihrer Verantwortung, sie kann gelassen beobachten. Natürlich wird sie sich einbringen, zur Not mit den von Angela angekauften Bildern.

Alles kann, nichts muss, das kann sie von den jungen Leuten lernen.

Aus Erfahrung kennt sie derartige Events, es kommen unerwartete und durchaus interessante Aspekte zum Tragen. Schon wegen des idyllischen Ambientes auf dem Bauernhof werden viele Besucher den Weg auf sich nehmen und neugierig sein auf die Veranstaltung.

Damit ist schon mal eine Markierung für ein künstlerisches Projekt gesetzt. Jeder hat ein Bild davon im Kopf und weiß, wie er sich einbringen wird. Man macht sich an die Arbeit, die Weichen sind gestellt, die Kreativität wird aktiviert. In zwei Monaten soll es so weit sein.

Jetzt kommen die Teilnehmer in Schwung, die Zuständigkeiten werden verteilt. Wer stellt was aus, wer macht die Pressearbeit, wer bindet die Politik ein? Das Prozedere scheint eingeübt und setzt sich in Bewegung. Schließlich wird vom Kulturreferat erwartet, dass die Unterstützung Früchte trägt. Den beteiligten Akteuren fällt selbst ein Stein vom Herzen, dass etwas vorwärtsgeht. Mit wilden Partys können sie ihre

Förderung nicht rechtfertigen.

Inge ist voll integriert, niemand lässt ihr das Alter spüren. Eine selbstverständliche Toleranz wird praktiziert. Zum Glück kann Inge Erfolge vorweisen, sie braucht sich nicht mitleidig akzeptieren lassen und kann selbstbewusst auftreten.

Ihre Freundin, die Hofbesitzerin Angela, kommt von ihrer jährlichen Gardasee-Reise zurück und wird mit den aktuellen Plänen konfrontiert. „Warum hast du die jungen Künstler nicht rausgeschmissen?", reagiert sie zunächst. „Du musst dir doch so ein Benehmen nicht gefallen lassen, schließlich ist es dein Atelier."

Inge erklärt und beschwichtigt, schließlich bringt so ein frischer Wind auch Vorteile. Sie kann sich damit arrangieren, Angela soll es auch versuchen. Misslingt diese Veranstaltung, wird es keine weitere mehr geben.

Man will den Lauf der Dinge beobachten und siehe da, es beginnt ein emsiges Gestalten in der Maschinenhalle. Große Leinwände werden aufgespannt, Holzblöcke angeschleppt, Motorsägen angeschmissen. Ein reger Schaffensprozess kommt in Gang.

Inge lässt sich einfach mitreißen. Die Großzügigkeit der Jungen steckt an, sie erkennt, ihre Bilder müssen größer werden. Die Wirkung von großen Flächen ist ganz anders, wuchtiger und eindrucksvoller. Große Arbeiten können mit kleineren kombiniert werden. Die Bilder befruchten sich gegenseitig, ihre Ausstrahlung kann so enorm gesteigert werden.

Schon kommt wieder Michael ins Spiel. Die Größe der Bilder scheiterte immer an der Möglichkeit, große Leinwände zu haben. Der Holzrahmen muss gebaut und bespannt werden. Für einen Schreiner kein Problem. Inge muss nur die Größe sagen und schon kommen die Rahmen mit dem Kleintransporter von Michael Maurer angefahren.

Die Leinwand ist bestellt, die Rahmen werden bespannt.

Stolz steht Inge vor der großen weißen Fläche, jetzt kann auch sie richtig in die Vollen gehen. Die jungen Leute stehen neugierig herum, sie beobachten sehr genau, was sich da entwickelt. Inge bemerkt das große Interesse, es spornt sie an. Wäre doch gelacht, wenn sie nicht überzeugen könnte?

Sie ist alt, erfahren, erfolgreich, selbstbewusst und hat gar nichts zu

verlieren. Inge hat inzwischen eine Stehhilfe, ein Metallgestell mit verstellbarem Sitz zum Arbeiten, einen sogenannten Stehhocker und ein Treppchen für obere Regionen der Leinwand zur Verfügung. Alles kein Problem, die Athrose bekommt keine Oberhand, der Graue Star wird operiert. Die Termine für neue Linsen in den Augen werden so gelegt, dass ihre wichtigen Planungen nicht tangiert werden.
Es ist schon eine andere Nummer, große Formate zu bearbeiten. Eine neue Herausforderung für Inge. Die jungen Künstler drehen schon an der Werbetrommel für die Ausstellung, ein erster Zeitungsartikel erscheint.

Es wird schön beschrieben, wie sich die Stadt auf dem Anwesen von Frau Angela Insam bemüht, Künstler zu fördern, dass ein interessantes Event geplant ist und vielfältige Kunstrichtungen vertreten sein werden. Alle teilnehmenden Künstler werden aufgelistet, man darf gespannt sein.

Der Artikel erscheint in der regionalen Zeitung, was eine heftige Reaktion des ortsansässigen Galeristen Baldwin zur Folge hat.
Noch am Abend des Erscheinungstages fährt er bei Inge daheim vor, reißt die Autotüre auf und eilt im Stechschritt zum Haus.
„Was hast du dir dabei gedacht? Ich baue dich als Besonderheit auf und du beteiligst dich an einer Hippie-Ausstellung?"
Jetzt begreift Inge erst, sie hat ihre Freiheit verloren. Sie kann nicht unbedarft machen was sie will. Mit der Vorgabe von Unerfahrenheit kann sie Baldwin beruhigen. Es war nicht schwer, er setzt ein beschwichtigendes Lächeln auf. „Noch ist ja nichts kaputt, die Situation muss abgewandelt werden, wir schieben einen weiteren Pressebericht nach."
Alles halb so schlimm, erkennt Baldwin, Inge will nicht ins Hobbykünstlermilieu abrutschen, sie war lediglich sorg- und ahnungslos.

Die neue Botschaft wird lauten: „Inge Liebhard, die aufstrebende regionale Künstlerin wird von der Galerie Baldwin vertreten und stellt ihr Atelier jungen Nachwuchskünstlern zur Verfügung. Das Kulturamt fördert die Aktion, Liebhards Bilder werden den Besuchern als Highlight ebenfalls zugänglich sein." So in etwa soll es lauten, Anselm wird einen Artikel verfassen und ihn über seine Pressekontakte in der regionalen

Zeitung erscheinen lassen.

Das sitzt, Inge kennt sich nun aus, wie der Hase läuft. Sie hat zwar keinen Vertrag mit dem Galeristen, ist ihm aber durchaus verpflichtet. Eigentlich hätte sie es wissen müssen, sie kann nicht mehr im „Billigmarkt" ausstellen und dann vielleicht sogar verkaufen.

Sie wird ihre Aktivitäten künftig mit Anselm Baldwin abstimmen, zumindest im regionalen Bereich.

Alle beteiligten Künstler werden informiert, sie sind einverstanden. Ein neuer Artikel wird in der Zeitung abgedruckt.

Der Galerist Baldwin wirbt für sich, Inge wird bekannter, die jungen Künstler bekommen mehr Aufmerksamkeit. Eine Win-Win-Situation entsteht, so soll es sein, so wird es gelingen.

Immer in die Vollen, so hat Inge es bisher gelernt.

Mit dem Verlorenheitsgefühl in der Maschinenhalle ist Schluss. Inge malt am Morgen, nach dem Frühstückskaffee mit Michael. Dann ist sie einige Stunden alleine und hat ihre erfolgreichste Schaffensperiode.

Nach und nach, so ab 13 Uhr trudeln ihre Ateliergenossen ein.

Ronald der Holzbildhauer

Natalie mit ihren Papierarbeiten

Robby der Aktionskünstler

Nina die Malerin

Paul der Grafiker

Es geht ihnen nicht um Geschäfte und Verkäufe, sondern um den Schaffensprozess. Der Lohn wird eine gelungene Aktion sein. Die Besucher müssen beeindruckt werden. Galeristen könnten auf sie aufmerksam werden. Eine Kunstszene am Stadtrand entsteht.

Inge ist mittendrin.

Michael

Michael war nicht immer Schreiner, er hat sein Geld als Bauingenieur verdient. Es ist seine Art, immer sein Bestes zu geben für die Konzeption von Projekten und Planungen. Die Berechnungen der Entwürfe, das Zeichnen von Konstruktionen, waren seine Welt.

Diese Aufgaben zwangen ihn an den Planungstisch, an den Computer, in sein Büro. Michael verdiente gut, er war ein wichtiger und erfolgreicher Mitarbeiter eines renommierten Ingenieurbüros. Der Alltag wurde beherrscht von Kämpfen um Aufträge mit Zeitdruck bei der Ausführung. Der Erfolg in derartigen Unternehmen hängt vom Funktionieren ab, von Zuverlässigkeit, Schnelligkeit, mit einer Preiskalkulation am Limit. Fehler werden nicht verziehen.

Die Arbeitszeit der Mitarbeiter ist nicht begrenzt, obwohl sie offiziell klar definiert wird. Die Aufgaben müssen gemeistert werden und zwar mit Bravour. Hundert Prozent Leistung genügt niemals, das Unmögliche wird erwartet, sogar weit darüber hinaus. Das Unternehmen baut sich einen Ruf auf, der immer gerechtfertigt werden soll. Das bedeutet, man ist innovativer, kreativer, besser und schneller als andere. Das ist selbstverständlich, dafür ist man mit den Gehältern für Top-Mitarbeiter nicht knausrig.

Der vorgegebene Druck wird nicht aufgerechnet, jeder hat es selbst in der Hand, wie er damit umgeht. Man kann ganz nach oben steigen als Spitzenverdiener, muss aber nicht. Für Michael kein Problem, der ruhige, besonnene Mann konnte gut mithalten. Intelligent und begabt stürzte er sich in seine Aufgaben. Er schwamm sozusagen auf der Erfolgswelle. Seine Ehe blieb dabei auf der Strecke. Seine Gesundheit wurde ruiniert, ein Burnout war die Folge.

Seine Reha brachte ihn in Kontakt mit Schreinerarbeiten. Die Bearbeitung von Holz wurde zum neuen Berufswunsch. Er konnte sich in die Schreinerei einkaufen, die er heute noch betreibt. Die notwendigen Prüfungen stellten für Michael kein Problem dar, er absolvierte sie, während er bereits arbeitete. Geld hatte er genug verdient, er suchte jetzt die Erfüllung seiner Kreativität.

Nachdem Michael seine Meisterprüfung abgelegt hatte, setzte sich sein Lehrherr zur Ruhe, er konnte die Schreinerei voll übernehmen.

Er änderte den Namen des Betriebes, ansonsten blieb alles beim Gewohnten, eine Schreinerei vom Feinsten.

Wie konnte es anders sein, er stürzte sich voll in sein neues Betätigungsfeld. Kunden gibt es mehr als genug. Gute Schreiner sind Mangelware. Michael war ein guter Schreiner. Er hat sich auf Möbel spezialisiert, mit denen er seine Kunden glücklich machen kann. Wie er es gewohnt ist, geht er voll in seiner Arbeit auf. Den Kontakt mit den Auftraggebern nimmt er sehr ernst. Es entstehen fast Freundschaften mit den Kunden, wenn man langjährige Geschäftsbeziehungen so bezeichnen mag. Er wird weiterempfohlen und ist so ausgelastet, dass er oft keine neuen Aufträge annehmen kann.

Je anspruchsvoller die Herausforderungen sind, umso freudiger geht Michael ans Werk. Kundenkontakte sind seine Erfüllung und sein soziales Umfeld. Er denkt sich in jeden Auftrag hinein und erledigt ihn mit größter Sorgfalt.

Für weitere private Kontakte hat er keine Kapazitäten frei, dachte er jedenfalls, bis die Maschinenhalle in seiner Nachbarschaft zum Leben erwachte.

Die Begegnung mit Inge tat ihm gut. Nach einigen Tässchen Kaffee verlangt es ihn immer wieder nach einem Ratsch mit der Nachbarin. Der allzeit dienstbereite Schreiner hatte plötzlich freie Zeit am Morgen, um den Tag mit Muße zu beginnen. Auch er war längst im Rentenalter, begriff aber sein Leben als eine sozusagen Endlosschleife.

Ein Arbeitsbeginn ohne Kaffee mit Michael ist für Inge bald nicht mehr vorstellbar. Immer öfter verlagert sich ihre nachmittägliche Schaffensperiode in die Schreinerei nebenan. Auch hier erwarten sie helle freundliche Räume und vor allem Ruhe. Das Treiben der jungen Künstler irritieren ihre Kreativität.

Der Duft des Holzes und auch der gute Rotwein gefallen ihr sehr. Eigentlich ziehen beide Gewinn aus ihrer Gemeinsamkeit. Sie finden Gefallen an mehr Ruhe und Beschaulichkeit. Es kann nicht ausbleiben, dass sie gemeinsam etwas unternehmen.

Es beginnt mit der Augen-OP, Inge braucht einen Fahrer. Sofort bietet sich Michael an.

Er erzählt gerne von seinen Kunden, über die exklusiven Aufträge in besonders schönen Villen. Inge interessiert sich sehr für seine Arbeit und begleitet ihn gelegentlich.

Natürlich besuchen sie Galerien und Vernissagen gemeinsam. Michael ist gebildet in Sachen Kunst und wird ein freudiger Gefährte. Gemeinsam macht alles viel mehr Spaß, Inge vermisst ihre langweiligen Freundinnen in keinster Weise.

Es ist schon wieder ein Zufall, dass die Interessen von Inge und Michael sich so gut ergänzen. Ohne es zu bemerken, schmuggeln sie sich in ein beschaulicheres Leben, in ein Schwelgen von großer Zufriedenheit.

Inge lässt sich nicht mehr unter Druck setzen, sie malt genüsslich vor sich hin. Ihre großen Formate kommen bestens an. Für jede neue Ausstellung kann sie ein besonderes Bild beisteuern. Sie bleibt die rare Ausnahmekünstlerin, die nie alleine auftritt, sondern das Tüpfelchen auf dem I darstellt und gut damit fährt.

Sie genießen es, auf Vernissagen aufzutreten und zu den Stargästen zu gehören. Die anschließende Sektgesellschaft nehmen sie natürlich auch mit.

„Oh, Herr Maurer, heute mit Begleitung!" Michael wird oft angesprochen, verkehrt er doch mit seiner Arbeit in Häusern der wohlhabenden Gesellschaft.

Dass er abends mit Begleitung ausgeht, ist neu, wird aber immer positiv wahrgenommen. Schmunzelnd freut sich Michael über seine Bekanntheit, er kann durchaus mithalten in der besseren Gesellschaft. Mit Inge an der Seite schlendert Michael von einem Smalltalk zum nächsten. Mal darf er Inge vorstellen, mal stellt sie Michael vor.

„Wie ein altes Ehepaar", denkt sich Inge, dabei sind sie nur Freunde und Nachbarn. Es macht sie interessant, man hat ein neues Thema, man lernt neue Leute kennen.

Inge und Michael stehen über der Sache, sie können auf ein erfülltes Leben blicken. Sie genießen die Früchte ihrer Lebenserfahrung mit Genugtuung und Gelassenheit. Der Reichtum des Alters lässt sie schweben. Für beide ist es ein Glück, diesen Zustand genießen zu können.

Es ist wahrlich ein Luxus und eine göttliche Fügung.

Sie sind selbstbewusst, genau richtig an ihrem Platz und haben nichts zu verlieren.

Der Schreinerbetrieb von Michael läuft auf Hochtouren weiter. Er hat es nicht versäumt, sich guten Nachwuchs heranzuziehen. Sogar auf Kundenbesuchen wird er hervorragend vertreten. In der Schreinerei nimmt ein Meisterschüler das Ruder in die Hand, wenn Michael nicht anwesend ist.

Michael agiert nach Belieben, sucht sich die interessantesten Aufträge heraus und bedient Stammkunden selbst.

Seine Aktivitäten verlagern sich spielerisch. Frühstücken, auf gesellschaftlichen Veranstaltungen herumschlendern, machen ihn satt und zufrieden. Die Suche nach Erfolg und Bestätigung ist wie durch ein Wunder verschwunden. Eine Rundumzufriedenheit macht sich breit.

Das bleibt nicht unbemerkt.

Die Ausstellung

Inges treue Begleiterin Angela macht sich rar. Gelegentlich erscheint sie zum Frühstück mit einem selbstgebackenen Kuchen, stellt ihre Kreation auf den Tisch und zündet eine Kerze an. Mit einer Geste, so jetzt ist alles schöner, erwartet sie eine Würdigung ihrer Person.

Inge und Michael kommen diesem Wink mit dem Zaunpfahl gerne nach und betonen, dass Angelas Kuchen viel besser schmeckt als die langweiligen Croissants. Sie vergessen nicht darauf hinzuweisen, dass die Freude der jungen Künstler alles übertrifft, wenn sie einen leckeren Kuchen vorfinden. Einige haben um die Mittagszeit noch nichts gegessen, dementsprechend fallen sie über den Leckerbissen her. Wer ahnt, dass ein Kuchen da ist, kommt sogar früher als üblich, damit er noch ein Stück ergattert.

Wenn die Künstler eintrudeln geht es los, das Werkeln, Malen, Sägen und Zeichnen. Der Raum füllt sich mit interessanten Objekten, je näher der Ausstellungstermin rückt.

Robby, der Aktionskünstler, bespielt den Platz vor der Halle mit einem Labyrinth aus Brettern. Mit seinem Fahrrad ist er fleißig unterwegs auf Baustellen, wo oft bergeweise Bretter anfallen, die entsorgt würden. Robby gelingt es fast immer, die Lastwagenfahrer zu bitten, ihre Ladung auf seiner „Baustelle" abzukippen. Er geht systematisch vor, besticht mit Leberkässemmeln und freundlichen Worten, um die Aktion in die gewünschte Richtung zu lenken. Ist genug Holz zur Abfuhr bereit, aktiviert er Helfer, die den Lastwagen beladen, damit der Fahrer die Ware sortenrein liefern kann. Dieser Plan gelingt oft, ohne dass der Bauleiter etwas dagegen hat. Die Holzabfälle sind beseitigt, ohne Deponiekosten, dafür mit leckeren Leberkässemmeln und zufriedenen Bauarbeitern.

Kleinere Holzmengen holt Robby mit seinem Anhänger. Alles wird vor dem Atelier abgeladen, ein wildes Holzlager entsteht.

Angela Insam legt die Stirn in Falten, wenn sie über den Vorplatz geht. Derartige Aktivitäten sind ihr fremd. Es entsteht nach und nach ein Aussichtsturm, der nur bestiegen werden kann, wenn man den Weg durch das Labyrinth findet. Die Aktion muss koordiniert werden, sind zu viele Personen im Labyrinth, ist ein Rückweg schwierig.

Die Turmbesteigung muss sozusagen überlegt angegangen werden. Wer die gut zwei Meter hohe Aussichtsplattform erreicht, hat einen überraschenden Blick über das Gebüsch auf die Stadt.

Es ist eine Installation zum Nachdenken und Zusammenarbeiten. Stimmen sich die Besucher nicht ab, kommt es zum Chaos. Die Turmbesteigung zwingt das Publikum zum Mitdenken.

Natalie formt beschwingte Figuren aus Gips in Lebensgröße. Sie tanzen durch die Maschinenhalle und bekommen bunte Kleider aus Papier. Es ist Natalies Spezialität, das Kreieren von geschöpften, hauchdünnen Papieren mit eingearbeiteten Blumen.

Nina und Paul bespielen die Wände mit ihren Bildern. Ronald ist mit der Kettensäge am Werk. Es entstehen grobe Gesellen neben den alten landwirtschaftlichen Geräten. Man könnte vermuten, die längst verstorbenen Bauern sind auferstanden, um die Arbeit mit ihren Maschinen aufzunehmen.

Es wird eine interessante Ausstellung werden, alle bringen sich mit großem Eifer ein. Nur Inge fehlt noch.

Sie wollte die Bilder ausstellen, die im Besitz der Hausherrin Angela sind. So war es abgesprochen, doch Angela weicht aus, sie gibt sich distanziert und macht schließlich einen Vorschlag.

Inges Arbeiten sollen an ihren Plätzen hängen bleiben, die Ausstellung wird auf die Räume von Angela erweitert. Die ganze Kunstsammlung von Angela Insam wird einbezogen, alle Besucher dürfen ihr angesammeltes Museum durchschreiten.

Diesen Beschluss unterbreitet sie einen Tag vor Beginn der Vernissage, sodass niemand sich dagegen wehren kann. Das Kulturamt und die beteiligten Künstler schlucken die Kröte einfach. Vielleicht wird es eine Bereicherung der Veranstaltung?

Inges Verwunderung hält sich in Grenzen, sie bemerkt schon einige Zeit, dass Angela verärgert ist. Von ihrem Platz als Premiumbegleiterin und Gönnerin von Inge fühlt sie sich verdrängt. Michael hat ihre Stellung eingenommen. Obwohl Angela immer zum Mitkommen aufgefordert wurde, hat sie sich zurückgezogen.

Eine privilegierte, reiche Frau wie Angela gibt sich nicht mit dem zweiten Platz zufrieden. Sie spielt nur die erste Geige.

„Machen wir das Beste draus", beschließt Inge mit den jungen Künstlern, räumt ihre Malecke und überlässt das gesamte Atelier den anderen.

Der große Tag kommt, die Künstler sind bereit, selbstgemachte Bowle wird angeboten, sanfte Musikklänge durchströmen den Park. Inge genießt wie gewohnt den Morgenkaffee mit Michael, als eine geplante Aktion vor Angelas Kunstscheune in Fahrt kommt. Entlang des Weges werden Blumenkübel aufgestellt, sie markieren den Weg direkt zum Museum Insam. Die ankommenden Besucher, die Presse und der Bürgermeister halten sich an die Markierung und schreiten direkt in die falsche Vernissage.

Nach einem kurzen Rundgang bemerkt jeder den Irrtum und orientiert sich am Aussichtsturm vor der Maschinenhalle mit den jungen Leuten. Angela hat es eingefädelt, dass bei ihr im Museumsstadel eine Pressemitteilung stattfindet. Sie hat ihren Text auf Flugblätter gedruckt, damit sie es jedem Journalisten in die Hand drücken kann.

„Peinlich ist das schon", bemerkt Michael. Mit einem Schmunzeln geht man darüber hinweg. Jedem wird nun klar, wie Angela Insam so gestrickt ist.

Eine einsame, eifersüchtige Frau, die nach Beachtung giert. War es doch nur die Rolle als Gönnerin und Kunstexpertin, die sie an Inges Seite gespielt hat? Kein Funke von Freundschaft oder menschlicher Zuwendung, nur Geltungssucht hat Angela beflügelt.

Diese Charaktereigenschaft trifft Inge oft bei gleichaltrigen Frauen an. Sie kreisen innerlich nur um sich selbst. Haben sie es versäumt, sich ein gesundes Selbstvertrauen zu entwickeln? Frauen wie Angela sind immer darum bemüht, gut rüberzukommen. Das reale Ich scheint nicht zu genügen.

Die Geltungssucht von Angela wird schnell von allen verstanden. Sie wird mitleidig belächelt, sie selbst muss es als Niederlage werten. Ihre Blumenkübel werden unauffällig auf dem Gelände verteilt, die Möglichkeit des Irrweges ist abgewendet. Als Aufsicht in ihrem Museum wird ihr Gärtner abgestellt, Angela lässt sich den ganzen Tag nicht mehr blicken.

„Da werde ich mir ateliertechnisch etwas einfallen lassen müssen", denkt Inge laut. Eine weitere Kooperation mit Angela scheint ihr ausgeschlossen. Michael stimmt ihr mit einem Kopfnicken zu.

Auch die jungen Künstler sind jetzt verunsichert. Wird Frau Insam sie noch auf dem Gelände dulden?

Nichts desto trotz, die Ausstellung wird ein großer Erfolg mit ganz vielen Besuchern. Viel mehr, als sonst an derartigen Events erwartet werden. Die Lage im Park mit den alten Gebäuden und auch das schöne Wetter haben ihre Wirkung nicht verfehlt.

Die Werke werden zwei Wochen lang gezeigt. So lange will Inge noch im Atelier weiterarbeiten, aber danach in ihr Wohnzimmer zurückkehren.

Die Ausstellung muss bewacht werden, Inge übernimmt den Vormittag, die jungen Künstler den Nachmittag.

Am dritten Morgen der Ausstellung, es ist frisch und sonnig, schreitet Michael vergnügt zur Maschinenhalle und schwingt die Croissanttüte. Wie gewohnt macht er die Metalltüre auf und wird vom Fauchen der Kaffeemaschine begrüßt. Aber sonst rührt sich nichts, Inge steht nicht strahlend vor ihm, sie liegt blutend am Boden vor ihrer Malwand und hält den Pinsel noch in der Hand. Ihr Hund läuft verstört um sie herum.

Es präsentiert sich eine schockierende Szene, unrealistisch, wie in einem Kriminalfilm. Michael wird aus seinem morgendlichen Glücksgefühl gerissen. Er braucht Sekunden, um das Gesehene zu realisieren. Er kniet sich neben Inge, sie ist benommen und will sich aufrichten. Er hilft ihr dabei und bringt sie zu einem Sessel.

Erleichtert, dass sie lebt und ansprechbar ist, ruft er zuerst den Krankenwagen, dann untersucht er die Wunde am Kopf und tupft das Blut ab. Inge schaut entsetzt geradeaus. Sie ist kreidebleich und stammelt: „Mein Stehhocker ist umgekippt!"

„Glück gehabt, es ist nur eine Schramme am Hinterkopf, du bist an die Tischkante gefallen." Sie kann sich an alles erinnern und hat normale Reaktionen, eine ernste Kopfverletzung kann wohl ausgeschlossen werden.

Nachdem Michael sich überzeugt hat, dass Inge sicher und bequem sitzt, macht er sich auf den Weg nach draußen, um den Rettungskräften den Weg zu weisen. Die Sirene ist schon zu hören.

Während er vor dem Atelier wartet, sieht er eine Bewegung am Fenster von Angelas Wohnzimmer. Sie beobachtet den Vorgang.

Gleich schießen ihm seltsame Gedanken durch den Kopf, die Sanitäter kommen im Laufschritt daher.

Inge bekommt eine Infusion mit Schmerzmittel und einen Kopfverband. Man legt sie auf eine Trage, um sie zum Sanka zu transportieren. Schon auf dem Weg setzt sie sich auf und will aufstehen. Michael stützt sie, Inge richtet sich auf und bekommt schon wieder Farbe im Gesicht.

An Michaels Arm geht sie zurück zum Sessel, die Sanitäter tragen die Infusion hinterher.

„Ich fühle mich schon viel besser und bleibe da." Die Rettungskräfte wägen ab, stimmen aber zu, Inge macht wieder einen stabilen Eindruck.

„Gut, dann warten wir, bis die Infusion durch ist, inzwischen unterschreiben sie mir, dass sie nicht ins Krankenhaus wollen."

Die Retter sichern sich ab und machen auf die Risiken aufmerksam. Inge bedankt sich herzlich, sie fühlt sich stabil und gut versorgt.

Die Retter haben geholfen, den Schrecken zu verarbeiten, es gelingt ihr, die Situation einzuordnen.

Inge hatte die Kaffeemaschine angeworfen und sich ihrem Bild zugewandt, an dem sie gerade arbeitet. Sie wollte eine Stelle in der roten Fläche ausbessern und hat sich dabei auf ihren Stehstuhl gestützt.

Der Stuhl gab nach, ein Sturz war unvermeidlich. Es wäre vermutlich glimpflich abgegangen, hätte ihr Kopf nicht die Tischkante gestreift. Inge wurde ohnmächtig, sie kann sich erst wieder erinnern, als Michael neben ihr kniet.

Alles anders

Nach und nach legt sich der Stress, Inge ist dankbar, dass Michael zwei Stühle in die Sonne stellt und den Kaffee bringt. Jetzt kann das gewohnte Frühstück beginnen. Inge hält ein Croissant in der Hand und lässt den Blick schweifen. Drüben im Haus von Angela regt sich etwas hinter dem Fenster. Der weiße Verband an Inges Kopf leuchtet durch den ganzen Garten und ist nicht zu übersehen.

Wird Angela gleich mit einem Kuchen kommen? Weit gefehlt, Michael kommt mit dem Unglücksstuhl und zeigt das abgebrochene Bein. Es sind deutliche Sägespuren zu erkennen.

Der Sturz war ein Schock, doch diese Erkenntnis, dass es sich um Sabotage handelt, ist noch schlimmer.

Inge und Michael sitzen vor dem manipulierten Stuhl in der Sonne und trinken Kaffee. Ohne Worte wird ihnen klar, das war´s jetzt mit dem Atelier in der Maschinenhalle.

Es stellt sich die Frage, Polizei oder Presse, oder einfach das Feld räumen und alles hinter sich lassen?

Sie bleiben ruhig sitzen, überlegen und kommen zu der Erkenntnis, die Ausstellung muss abgebrochen werden, Inge räumt das Atelier und verschwindet aus dieser feindlichen Umgebung.

Sie wollen es mit Ruhe angehen und lassen sich Zeit. Michael telefoniert mit dem Kulturamt und erklärt die Situation. Er wird Schilder aufhängen, dass die Kunstaktion abgebrochen wird und die Ausstellung geschlossen ist. Er informiert auch seine Freunde aus der Kunstszene, die geben die Nachricht weiter.

So braucht es keine großen Entscheidungen, die Sache wird hohe Wellen schlagen, die Polizei wird von den Behörden eingeschaltet.

Die jungen Künstler planen eine Protestaktion, die Presse wird informiert.

Wenn es schon keine Ausstellung mehr gibt, soll alles medienwirksam ausgeschlachtet werden. Erfahrungsgemäß bringt das mehr, als noch einige Tage Publikumsverkehr.

Michael ist mit seinem Lieferwagen da, das trifft sich gut, Inges Malutensilien werden eingeladen. Schilder sind schnell gemalt, die das Ende der Ausstellung verkünden. Michael macht sich auf den Weg zum Garteneingang, um sie aufzuhängen. Er versäumt es nicht, sich in den Nebengebäuden umzusehen, in denen Werkzeug aufbewahrt wird.

Und siehe da, auf der Werkbank liegt ganz offen eine Eisensäge. Er zieht seine Hand im letzten Moment zurück, er darf keine Spuren vernichten. Wie heißt es so schön im Krimi: „Fassen sie nichts an, bleiben sie ganz ruhig!"

Wie ein Wachhund bleibt er vor der Werkstatt stehen, die Polizei fährt schon auf den Hof. Michael zeigt seinen Fund, jetzt kann er sich wieder beruhigt der verletzten Inge widmen.

Die Dinge nehmen ihren Lauf, jeder weiß, was zu tun ist. Jede Diskussion über den Fortbestand der Kunstausstellung erübrigt sich.

Dem ist aber nicht genug, ein neues Fiasko tut sich auf. Die ersten jungen Künstler treffen ein, Ronald der Holzbildhauer hält die Tageszeitung hoch und kommt auf Inge zu: „Damit wird einiges klar!"

Über die Kunstaktion im Insam-Garten steht ein langer Artikel im Kulturteil der Zeitung. Offensichtlich haben die Reporter die Vorgaben von Angela Insam verwendet.

Roland zögert, als er Inge wie ein Häuflein Elend mit ihrem Kopfverband sitzen sieht. Als hätte er Bedenken, dass ihr dieser Artikel nicht auch noch zugemutet werden kann, wendet er sich zunächst an Michael.

Der liest den Text, sein Gesicht versteinert sich immer mehr. Michael wird kreidebleich, setzt sich hin und liest alles noch einmal durch. Langsam senkt er die Zeitung, richtet seinen Blick auf Inge und stellt fest: „Das glaub´ ich jetzt nicht!"

Spätberufene oder Betrügerin?

„Die Malerin Inge Liebhard gründet eine Künstlerkolonie, um junge Talente um sich herum zu drapieren. Sie selbst präsentiert hin und wieder ein Kunstwerk, das von ihr gemalt sein soll.

Ihre Ausstellung zeigt deutlich, Inge Liebhard hat überhaupt kein Atelier, sie malt überhaupt nicht. Hat sie im Hintergrund einen Ghostpainter engagiert...................?"

Michalel liest den Text langsam vor. Inge sitzt ihm mit großen Augen gegenüber. Sie lauscht aufmerksam und wird zusehends gelassener, es breitet sich ein Lächeln auf ihrem Gesicht aus.

„Das erklärt alles, die Täterin hat sich selbst ein Geständnis geschrieben. Angela hat alles eingefädelt, um mich zu schädigen."

Die Vorwürfe im Artikel der Tageszeitung sind so hanebüchen wie dumm. Wie kann eine alternde Lady so hasserfüllt handeln? Ihre Geltungssucht hat Angela in die selbstgemachte Falle getrieben.

„Der Neid frisst seinen eigenen Herrn!", bemerkt Ronald, der Holzbildhauer.

Das Entsetzen schlägt in eine entspannte Heiterkeit um. Die groteske und unheimliche Anspannung hat sich aufgelöst. Die Tragödie ist greifbar geworden.

Für Inge wird klar, sie will noch heute diesen Ort verlassen und nie mehr betreten. Doch vorerst ist keine Eile geboten, wer seinen Feind kennt, kann damit umgehen. Diese Erkenntnis ist für Inge entscheidend, sie will wissen, woran sie ist. Vor diesen abscheulichen Anschlägen war sie dieser Angela hilflos ausgeliefert.

Während sie hier im Kreis sitzen und die neue Situation beraten, fährt Angela mit ihrem Auto davon.

Reporter trudeln ein, sie zücken ihre Fotoapparate und lichten vor allem Inge ab, die in der Sonne sitzt mit dem weißen Kopfverband und der Tageszeitung in der Hand.

Keine Sekunde lang hat Inge Angst um ihren Ruf. Kein Mensch um sie herum hat Zweifel an ihren Bildern. Alle erkennen das Spiel, das hier auf ihre Kosten gespielt werden soll. Zu plump sind die Versuche, sie zu schädigen.

Im Mittelpunkt steht die Person Angela Insam, ihr wird nur Mitleid und Verachtung entgegengebracht.

Der Kreis um Inge wird immer größer, überall läuten die Mobiltelefone. Die Reporter schildern aufgeregt die Situation und beschreiben das groteske Bild mit der verletzten Inge. Michael wird aus der Schreinerei angefragt, wo er denn bliebe, welche Entscheidungen getroffen werden sollten.

Die Polizei vernimmt Inge und fordert die Spurensicherung an. Der Tatort muss abgesperrt werden.

Inge sitzt mittendrin und muss sich ein Grinsen verkneifen. Dümmer hätte es Angela nicht inszenieren können.

Sie sah sich in einer Machtposition, sie war die Besitzerin des Anwesens, sie war die Gönnerin von Inge Liebhard. Sie ging in den Galerien ein und aus. Sie war die betuchte Kundin, die hofiert wurde.

Angela hatte es sich komfortabel eingerichtet, ganz nach ihrem Geschmack.

Ihre Rolle als reiche Witwe mit Anwesen und Kunstsammlung sollte seine Wirkung entfalten. Als ständige Begleitung einer Künstlerin wurde sie entsprechend gewürdigt und als Sammlerin vorgestellt. Sie konnte in Sachen Kunst reisen, als wichtige Mentorin von Inge.

Jetzt fühlt sie sich an den Rand gestellt, das kann sie nicht akzeptieren, wo doch aus ihrer Sicht alles von ihrer Person abhing.

Sie wollte ihre ausgedachte, privilegierte Position einsetzen und die Dinge zurechtrücken. Nur mangelte es an Intelligenz und Weitblick. Sie ahnte vorher nicht, wo sie nachher landen würde.

Blinde Wut hat sie handeln lassen. Als Ergebnis ihrer Fehleinschätzung erleidet Angela gerade eine herbe Niederlage, wie es ihr schon öfter im Leben passiert ist. Sie nannte es Schicksal.

Als die Polizei an ihrer Türe klingelt, ist Angela Insam längt verschwunden. Das Haus ist leer.

Wieder daheim

Inges Ausflug in ein eigenes Atelier ist beendet. Sie arbeitet wieder in ihrem Wohnzimmer auf dem Maltisch. Im Innersten ist sie froh, wieder klare Verhältnisse zu haben.

An die Zeit bei Angela Insam erinnern nur noch die abfallenden Krusten der Kopfverletzung. Ansonsten ist alles wieder heil an ihr.

Ihre Gewohnheit des Kaffeetrinkens mit Michael will sie allerdings nicht missen. Zur Gleichberechtigung treffen sie sich einmal bei ihm in der Schreinerei und dann wieder bei Inge im Wohnzimmer.

Michael hat die Leisten der Malwand in der Maschinenhalle abmontiert und in seiner Werkstatt angebracht. Natürlich mit dem Hintergedanken, Inge sollte bei ihm malen. Die große weiße Wand hinter den Hobelmaschinen bietet sich an. Gehobelt wird selten, es kann Rücksicht genommen werden auf die Arbeitszeiten von Inge.

Er hat auch die gleiche Kaffeemaschine gekauft, damit sich Inge heimisch fühlt. Die Rechnung scheint aufzugehen.

Die Arbeitsmaterialien von Inge wandern nach und nach in die Schreinerei. Sie hat jetzt sozusagen zwei Schaffenszentren.

Ihre Kreativität wächst gefühlt immer weiter. Inge hat großen Spaß am Arbeiten. Das Erschaffen von Farbwelten erscheint ihr wie Sahnetorteessen.

Das darf sie jetzt nicht mehr, Sahnetorte essen. Ihre Blutwerte sprechen sich dagegen aus. Jahrelang hat sie sich mit Tabletten gequält und ist zu dem Schluss gekommen, wenn ihr Körper nach weniger Zucker verlangt, sollte sie das respektieren. Es ginge ganz einfach, sie kann zu viele Kohlehydrate einfach weglassen.

Wenn da der Hunger nicht wäre, je reduzierter sie sich ernährt, umso größer wird ihr Verlangen nach Zucker. Mit den Medikamenten liegt Inge im Zwiestreit, sie sind vom Arzt verordnet, erzielen aber nicht den versprochenen Erfolg.

Inge vertraut den Tabletten nicht, sie fühlt sich nicht wohl mit deren Wirkung. Steht es doch so schön im Beipackzettel, dem sogenannten „Waschzettel", Unruhe, Schlafstörungen, Depression, Stoffwechselentgleisung, Übersäuerung usw..

Sie bekommt Schmerzen in den Gelenken, geradeso als hätte sie Rheuma. Ihre Freundinnen und auch der Hausarzt befürchten, Inge hat einen Rheumaschub, ein schlimmes Schicksal.

Inge ist überzeugt, sie hat kein Rheuma und recherchiert im Internet. Dort soll ja alles Wissen dokumentiert sein. Und siehe da, sie findet Leidensberichte über diese Diabetestabletten in Zusammenhang mit Gelenkschmerzen, geradeso als hätte man einen Rheumaschub.

Sie wird belächelt: „Komm Inge, im Internet findet man immer alles, was man finden will."

Genug ist genug, beschließt Inge, sie wird die Tabletten absetzen. Um nicht leichtfertig zu handeln, konsultiert sie eine alternative Ärztin, eine Spezialistin für Chinesische Medizin. Von der erbittet sie eine Ernährungsberatung, die bei Diabetes Abhilfe schafft.

Es gelingt auf Anhieb, Inge hat so viel Angst vor Spätfolgen einer falschen Ernährung, dass sie sich strikt an die Empfehlungen der neuen Ärztin hält.

Die Vorgaben lauten: Viel Gemüse, Salat, Eier, Nüsse, Fisch, Beeren, wenig Fleisch, gutes Öl, Vollkornbrot, Milchprodukte, aber alles unbehandelt mit dem natürlichen Fettgehalt, auch Sahne, Butter, Käse usw. Inge soll ausreichend Fett essen, aber keinen Zucker, keine Fertigprodukte, keine behandelten Lebensmittel, keine Lightprodukte. Natürlich auch wenig oder keine Kohlenhydrate in Form von Nudeln, Reis, Weißbrot oder Kartoffeln.

Die Auswahl ist groß, Inge stürzt sich ins Abenteuer Ernährung, sie kommt gut zurecht, würzt ihren Fisch mit Kräutern, gestaltet Beilagen aus leckeren Salaten und Ölen. Die Gerichte sind schnell gekocht und geschnippelt. Inge ist satt und zufrieden, die Vorgabe, genug Fett zu essen lässt ihren Heißhunger auf Süßes vollkommen verschwinden.

So unglaublich es klingt, durch die Ernährung mit ausreichend Fett schwinden Inges Fettreserven, sie nimmt ab, täglich.

So gefällt es ihr, diese Möglichkeit der Problembewältigung erscheint Inge ideal. Das Tablettenkapitel scheint beendet. Inge will diesen Weg weitergehen und austesten, natürlich unter ärztlicher Kontrolle.

Wieder eine schwere Hürde genommen, Inge ist nicht nur seelisch erleichtert.

Das Auflösen von Krisen ist ihre große Stärke. Sie will möglichst immer mit ihren Lebensumständen in Harmonie sein, dazu gehört natürlich auch ihre eigene Gesundheit.

Die morgendlichen Croissants sind dieser Harmoniesucht zum Opfer gefallen. Inge bereitet Vollkornschnittchen, bestrichen mit Quark und bestreut mit Schnittlauch, Radieschen und Kresse. Sie wechselt ab mit Butter, Lachs und Eierscheiben, oder Avokadomus mit Oliven, die Variationen sind unendlich.

Zum großen Glück schmeckt das auch Michael, er hat noch dazu den Vorteil, keine Croissants holen zu müssen. Dafür hat Inge die Arbeit mit den Schnittchen, das ist es ihr allemal wert. Sie ist von Sternzeichen Widder und Problemlösungen sind ihre Leidenschaft.

Das Debakel mit Angela Insam ist längst vergessen. Inge sieht sich um eine Erfahrung reicher. Sie tritt nicht nach, hat auch keine Anzeige erstattet. Die Blamage für Angela ist Strafe genug.

Die Polizei hat die Ermittlungen eingestellt, wie es zu erwarten war. Fingerabdrücke konnten keine gefunden werden, damit ist es für die Ordnungshüter erledigt.

Der Skandal um die Kunstausstellung hat großen Wirbel gemacht. Die Zeitungen waren voll davon, sogar überregional. Diese Story ist neu und interessant.

Die Leser können sich mit der schikanierten Künstlerin identifizieren. Der Umstand, dass jemand verleumdet und vertrieben wird, kommt so deutlich ans Tageslicht, dass es sich leicht ausschlachten lässt. Die passenden Bilder wurden gratis dazugeliefert.

Die Wahrheit muss nicht hinterfragt werden, das Zusammentreffen der Umstände spricht für sich.

Gut möglich, dass der Unfall mit dem Stehhocker aus dem Ruder gelaufen ist. Das angesägte Stuhlbein hätte vielleicht nur einschüchtern sollen. Dass ein Sturz an die Tischkante zeitgleich mit dem Erscheinen des Zeitungsartikels passiert, ist ein Fingerzeig Gottes und entlarvend für den Täter.

Es ist nichts bewiesen, doch die Ereignisse sind selbsterklärend. Eine herbe Schande für Angela Insam, die Tat bleibt an ihr hängen.

Angela tut gut daran, sich nicht zur Wehr zu setzen und zieht sich zurück.

Die Zeitungsberichte beschränken sich nicht nur auf die Sabotage und die Intrige, sie beleuchten schön die kreativen Darbietungen der Künstler auf dem Insam-Anwesen.

Die Bilder von Nina und Paul erscheinen in einflussreichen Zeitungen, genauso die düsteren, groben Gesellen von Ronald und die schwebenden Tänzerinnen von Natalie. Wunderschöne bunte Bilder sind ein gefundenes Fressen für Journalisten, noch dazu, wenn sie mit einer tragischen Begebenheit kombiniert sind.

Der gewaltige Wirbel war ausgesprochen lohnend für die Beteiligten. Natalie darf ihre Gipsfiguren im Foyer des Rathauses tanzen lassen. Bilder von Inge werden von der Stadt angekauft. Alle Mitstreiter bekommen neue Präsentationsmöglichkeiten.

Es wurde doch noch eine runde Sache, ein gelungener Abschnitt im Kulturprogramm der Stadt.

Unfreiwillig ist Inge die Hauptfigur in diesem Theater. Ein wunderschöner Artikel rundet die Tragödie des Kunstevents ab. Der Text beschreibt ihr Talent und die Entstehung ihrer Bilder. Die Überschrift lautet:

„Inge Liebhard, eine liebenswerte Begabung, die Neid erweckt "
Der Artikel stammt von Dr. Klaus Wernberg.

Jede Zeitung druckt diesen Bericht ab. Inge ist zutiefst berührt und hat Tränen in den Augen, wenn sie ihn liest.

Es ist ein letzter Gruß von Klaus, wenige Tage danach erscheint seine Todesanzeige. Die Beisetzung fand im kleinen Kreis in aller Stille statt.

Inge ist wochenlang traurig, bewahrt sich aber das Bewusstsein, dass Klaus weiterhin auf sie aufpasst.

Michael bestärkt sie in dieser Vorstellung und steht ihr tröstend zur Seite, ganz so, als würde Klaus in ihm weiterleben.

Diese Erfahrungen waren wie ein Paukenschlag in Inges Leben. Sie ist dabei älter geworden, aber viel selbstbewusster.

Unterm Strich entpuppt sich alles sehr positiv, Inge hat an Lebensfreude gewonnen.

Angela spielte eine große Rolle, sie hat das erste Bild gekauft, Inge auf Reisen begleitet und das Kunstevent auf ihrem Anwesen ermöglicht.

Der Zufall hat es so geordnet, dass Inge eine gute Zeit erleben durfte.

Die Enttäuschung über die Intrigen ist schnell verflogen, die Kopfwunde geheilt.

Zurück bleibt eine Fülle von Lebenserfahrung, die weit in die Zukunft trägt.

Auf dem Insam-Anwesen wird es ruhig, Angela zieht sich aus dem Kunstmarkt zurück. Sie wird nie mehr auf Vernissagen gesehen.

Fast alle Spuren der Künstler sind verschwunden, nur der Kaffeeautomat steht noch in seiner gemütlichen Ecke. Spinnen ziehen ihre Netze darüber und genießen die Ruhe.

Ein Journalist schleicht sich in die Maschinenhalle und schießt Fotos der „Lost Places", von dem lichtdurchfluteten Raum mit den kleinen Sesseln an der Kaffeebar, den alten Landmaschinen auf dem rissigen Betonboden und den kunstvollen Spinnennetzen im Sonnenlicht.

Als Einziges ist das Labyrinth mit Aussichtsturm vor dem Atelier geblieben. Robby hat es wohl aus Protest einfach stehen lassen und wartet gleichmütig auf eine Reaktion der Besitzerin des Anwesens. Unterstrichen hat er seine Provokation mit einem Spruch von Konfuzius oben am Turm.

In sauberer Schrift steht geschrieben:

Erzürne nicht, setze dich ans Ufer des ruhigen Flusses und warte, bis die Leichen deiner Feinde vorbeitreiben.
Konfuzius (551–479 v. Chr.)

Diese eindrucksvollen Bilder zieren den Artikel, der als „Nachlese" in einer großen Zeitung erscheint. Ein Glücksfall für den mutigen Reporter und eine Genugtuung für die beteiligten Künstler.

Auch Inges Leben gerät in ruhiges Fahrwasser. Der Fluss heißt Gelassenheit, Zuversicht und Glück. Sie lebt weiterhin ihre Kreativität aus, sie erschafft Bilder, immer bessere Bilder. Eine positive Entwicklung lässt sich nicht vermeiden, wenn sie am Ball bleibt und konstant vor sich hin arbeitet. So ist es eine stetige Herausforderung für Inge. Sie bleibt am Kunstmarkt gefragt, sie überrascht.

Die Galeristen nehmen ihre Arbeiten gerne an. Das Konzept, wenige Bilder, sparsam dosiert, hält eine Spannung aufrecht. Gelingt ihr eine Arbeit besonders gut, hält sie das Bild zurück und legt sich eine eigene Sammlung an.

Der Vorwurf, sie wäre gar keine Malerin und könne nichts vorweisen, sitzt doch tief in ihr, auch wenn er nicht gerechtfertigt ist. Sie wird für sich alleine eine, in ihren Augen exklusive Ausstellung, planen.

Inge hat die Idee im Hinterkopf, selbst ein Event auf die Beine zu stellen, mit einer Vernissage wie ein Paukenschlag. Die erfundenen Anschuldigungen dieser Angela müssen entkräftet werden.

Diese Erfahrung auf dem Insam-Anwesen hinterließ doch Narben, die sich tief eingegraben haben. Schließlich hat Angela Insam nicht umsonst diese Idee entwickelt, Inge als vorgetäuschte Künstlerin zu blamieren.

Wie jeder Künstler ist Inge von Selbstzweifeln geplagt, das bildet den Nährboden für ihren Ehrgeiz. Sie macht einfach weiter.

Neue Stationen

Am Morgen steht Inge vor dem Spiegel in ihrem Badezimmer. Mit Schrecken stellt sie fest, ihre Falten werden immer mehr. Sie beugt sich über das Waschbecken, um ihr Gesicht näher betrachten zu können.

Michael kommt angeschlichen und gibt ihr einen Patsch auf den Hintern. Er stellt sich neben sie und tut es ihr gleich, er betrachtet sein Gesicht im Spiegel. Dabei schneidet er lustige Grimassen und stellt fest:

„Guad schaun ma aus!"

Sie müssen lachen und sind wieder versöhnt mit ihrem Aussehen, sie haben die Spuren ihres Alters im Gesicht.

Die Zwei sind in Inges Haus zusammengezogen. Warum das morgendliche Hin und Her zum Frühstück? Sie lassen es ruhiger angehen und genießen jeden Tag.

Beide haben Freude an ihren Aktivitäten und teilen die Gedanken und Ideen miteinander. Es ist zu einer lieben Gewohnheit geworden, dass Inge den Rat von Michael einholt, bevor sie ein Bild signiert. Malen ist eine einsame Kunst, man muss laufend alleine entscheiden, ob das gut ist, was man tut. Als Künstlerin muss Inge selbständig beurteilen, welche Schritte notwendig sind, um dahin zu kommen wohin sie will. Diese Entscheidungen brauchen Mut. Das Urteil eines guten Freundes unterstützt sehr.

Umgekehrt genießt es Michael, seine Projekte mit Inge besprechen zu können.

Es ist ein Luxus, sich als kompetente Partner auszutauschen. Jeder kennt die Ziele und Befindlichkeiten des Anderen, ein für Inge und Michael notwendiges Feedback, das erdet. Bevor sie Michael kennengelernt hat, musste sie sich mit der Kritik ihrer eigenen Kinder oder Freundinnen begnügen, was nicht wirklich zielführend war. Es gab kein echtes Interesse, denn notgedrungen kam ein: „Ja toll!", oder: „Ich bewundere deine Energie!" Wirklich Gedanken hat sich keiner der Angesprochenen gemacht.

Die Beurteilung ihrer Bilder durch Michael geben Inge den notwendigen Rückhalt, um freudig weiterarbeiten zu können.

Es zeigen sich nicht nur tiefere Falten im Gesicht, es häufen sich auch

Termine für Beerdigungen. Inges gute Freundinnen mit Krebserkrankung sind nach langer Therapie kurz hintereinander verstorben. Auch in Michaels Umkreis passieren Todesfälle.

Inges Hund hat sich auf die Reise in den Hundehimmel gemacht.

Die Termine mit dem Tod legen es nahe, sich selbst Gedanken zu machen. Ist das Testament ordentlich formuliert? Wo will ich begraben sein? Wie soll die Trauerfeier gestaltet werden? Es stellt sich auch die Frage, wer soll das bezahlen?

Die besuchten Feierlichkeiten lassen ein Gefühl dafür wachsen, wie eine gute Beerdigung geplant werden kann.

Inge und Michael gehen gelassen damit um. Sie sehen sich in keinster Weise selbst betroffen, stellen aber gelegentlich fest: „So würde ich das auf keinen Fall machen!", oder: „Das war ein schöner Abschied".

Damit steht schon die Frage im Raum, wie sie sich den Ablauf vorstellen.

Beisetzungen geben nicht selten intime Einblicke in familientechnische Kausalitäten. Fehlen etwa nahestehende Personen, wirft das Spekulationen über die Gründe auf. Oft kann einer der anwesenden Trauergäste zur Aufklärung beitragen. Ein hier unpassender Ratsch prägt die Feier.

Zugegeben, Michael schaut richtig gut aus in seinem schwarzen Anzug. Gar nicht dem Anlass entsprechend erscheinen partnersuchende Singles und mischen sich unter die Trauernden. Der Friedhof wird zur Heiratsbörse. Inge beobachtet eine dunkel gekleidete Witwe, die sich dezent, aber direkt an Michael heranwanzt. Erst als er sich Inge zuwendet, ist der Spuk vorbei. „Was war das jetzt?", fragt Michael schmunzelnd. Die aufdringliche Singlefrau gibt sich wieder ihrer Trauer hin und zieht sich zurück, vielleicht auf der Suche nach einem anderen Opfer.

Manche Beerdigung lässt seltsame Gedanken aufkommen. Kennt man den Verblichenen näher, ist die Bestattung durch die erbenden Hinterbliebenen manchmal verstörend. Überdeutliche Hinweise über die aufopfernde Pflege und Fürsorge können ein Hinweis sein, dass einiges nicht so gut gelaufen ist. Noch dazu, wenn ersichtlich wird, es fehlt an Wertschätzung und Liebe. Es kommt vor, dass erschreckende Befürchtungen entstehen und sich Abgründe auftun.

Darüber tauschen sich Inge und Michael natürlich aus. So manche Person erscheint plötzlich in einem anderen Licht. Die Meinung über sie muss revidiert werden. Durch Schicksalsschläge wie Beerdigungen treten verborgene Charakterschwächen für den kritischen Beobachter deutlich hervor.

Nach so einer Zeremonie können bedrückende Gefühle entstehen, oder ein schöner Blick zurück, auf ein erfülltes Leben.

Eine gute Trauerrede ist entscheidend, mancher liebe Angehörige ist damit überfordert. Es macht durchaus Sinn, selbst einen Text zu erarbeiten. Doch so weit wollen Inge und Michael jetzt doch nicht gehen und schieben diese Pläne auf.

Sie wollen sich auf das Jetzt konzentrieren und geben sich sorglos dem Alltag hin.

Nette Einladungen bereichern die Abende. Ein früherer Bekannter aus Michaels Zeit als Bauingenieur meldet sich wieder.

Jürgen ist in seinem Beruf geblieben und hat gutes Geld verdient. Für seinen Ruhestand hatte er mit seiner Frau große Pläne, sie wollten um die Welt reisen.

Kurz nach seinem Ausscheiden aus der Firma, erkrankte Margot und verstarb. Seine freudigen Erwartungen lösten sich in Schall und Rauch auf. Er war alleine und widmete sich seinen Kindern und Enkeln.

Die Rolle als Opa beschäftigte Jürgen einige Jahre, dann fing er an alleine zu reisen und verliebte sich in die Karibik.

Daraus wurde ein Wechselspiel zwischen seiner Oparolle und dem Leben im Paradies. Es waren zunächst nur kurze Abstecher in diese Traumwelt, er freute sich bald wieder auf seine Familie daheim.

So vergingen Jahre, er schloss Freundschaften auf seiner Insel. Das Fleckchen im Karibischen Ozean wurde mehr und mehr zu seinem Lebensmittelpunkt.

Der Winter ist die beste Reisezeit für seinen Karibiktraum, darum legt Jürgen seine Paradieszeit in die Monate November bis Mai. Es scheint ideal, denn im Sommer ist es zuhause auch schön. Der Haken ist Weihnachten, es ist bedrückend, das Fest ohne Familie zu feiern.

Darum verbrachte seine Familie den Weihnachtsurlaub bei Jürgen auf der Insel. Was ihn wiederum veranlasste, ein eigenes Domizil zu erwerben, sozusagen eine zweite Heimat für Jürgen und seine Kinder und Enkelkinder.

Er legte sein Vermögen in der Karibik an, eine Tatsache, die ihn animiert, immer mehr Zeit dort zu verbringen.

Jügen sprüht vor Karibikfeeling und bringt seine Diasammlung mit. Zuerst blicken sich Inge und Michael besorgt an, stundenlange Diavorführungen sind nicht ihr Ding.

Jürgen beruhigt im Voraus: „Keine Angst, ich will euch nur einige überwältigende Ansichten zeigen, dazu braucht´s natürlich Bilder."

Wie versprochen bringt er Zutaten mit, um ein typisches Abendessen zu kochen. Seine Leibspeise, Hähnchen scharf mit Curryreis.

Der Abend beginnt mit leckeren Gerüchen aus der Küche. Inge deckt den Tisch im Garten und Michael kümmert sich um den Wein.

Einem entspannten Abend steht nichts im Wege. Sie ahnen nicht, dass er ihr beschauliches Leben ordentlich aufwirbeln wird.

Zu den karibischen Düften gesellt sich kubanische Musik, die Jürgen gleich mitgebracht hat.

Zum Auftakt serviert er einen Mojito, Inge wehrt zunächst ab, aber die Neugierde siegt und der Geschmack überzeugt. Die Diätpläne werden auf Eis gelegt, Jürgen serviert seine Kreation.

Eine sanfte Brise durchzieht den Garten, die Klänge der Karibik, die Düfte der Gewürze und die Beschwingtheit des Alkohols drapieren eine fröhlich beglückende Atmosphäre.

„Das hat was!", stellt Michael fest. Inge grinst vor sich hin und genießt. Dieser Jürgen scheint ein sehr lebenslustiger Kamerad zu sein, den Genüssen des Lebens nicht abgeneigt.

Zum Nachtisch hat er tropische Früchte gekauft, was er so bekommen konnte und rundet mit Rum ab. Als Gastgeschenk brachte er Jamaika-Rum mit, er schenkt jedem ein Glas ein.

Das wird dann fast zu viel des Guten. Michael versucht seinen Freund einzubremsen. Er versteckt die Rum-Boddel schnell in der Küche, denn Jürgen wollte sich gleich nachschenken.

Unbeirrt baut dieser dann den Diaprojektor auf, den er vorsichtshalber mitgebracht hat. Im abgedunkelten Wohnzimmer beginnt die Show.

Es wäre ungerecht, den Vortrag zu kritisieren, er ist informativ und sehr eindrucksvoll.

Jürgen erklärt seine Insel und ihre Lage. Es ist eine der Kaimaninseln in einer exponierten Lage im Karibischen Meer.

Er wohnt jetzt auf Grand Cayman, der größten Insel dieser Gruppe. Gefunden hat er das herrliche Fleckchen durch eine Zufallsbekanntschaft.

Auf einer Bootsfahrt vor Haitii traf er ein Ehepaar aus Bayern. Es war ein Banker mit Ehefrau, die über seine Gesellschaft erfreut waren. Vertraute sprachliche Klänge fielen hier auf, es wuchsen sofort Heimatgefühle.

Man ging gleich zum Du über. Sie hießen Josef und Gabi und waren aus München. Wie Hungernde hingen sie an Jürgens Lippen mit seinem bayerischen Dialekt. Sie wollten immer mehr von den vertrauten Klängen hören.

Jürgen versuchte auch mehr von ihnen zu erfahren. Wo sie jetzt wohnten, wie es ihnen hier ginge, ob sie Heimweh hätten, oder fest integriert seien? Das wollte Josef und Gabi wohl gefallen, sie luden Jürgen zu sich ein. Ihr neues Wunschdomizil war auf Grand Cayman. Sie befanden sich auf einem Ausflug nach Hawaii.

Die Adressen wurden sorgfältig ausgetauscht, man blieb in Kontakt. Beim nächsten Karibiktrip steuerte Jürgen sofort Grand Cayman an.

Begeistert wurde er von Gabi und Josef abgeholt, sie empfingen ihn genauso freudig, wie er sie in Erinnerung hatte. Wieder beschlich ihn das Gefühl, sie haben Heimweh nach Bayern, geben es aber nicht zu. Wie es auch sei, sie brachten Jürgen auf ihr eigenes Fleckchen Karibik auf Grand Cayman.

Jetzt setzt der Diavortrag ein. Weiße Strände, tiefblauer Pool, Palmen, Blumen und eine schöne Villa mit Park. Hier leben Gabi und Josef mit Personal zum Gärtnern, Putzen und Kochen.

Jürgen berichtet, wie er einen Tag als Gast bei ihnen war und dann seinen Urlaub auf Jamaika fortsetzte. Aus dieser Begegnung wurde eine Freundschaft. Jürgen ließ sich verführen, seine Reisen immer wieder in Richtung Grand Cayman zu planen.

Bis er von Josef informiert wurde, das Nachbargrundstück stehe zum Verkauf. Es gehört Auswanderern, die aus gesundheitlichen Gründen nach Deutschland zurück wollen. Die Nachricht wurde begleitet von schönen Bildern und einem herzlichen Gruß des Maklers.

Solche Anwesen im Paradies sind nicht lange auf dem Markt, die Nachfrage ist groß. Jürgen rief den Familienrat zusammen und holte sich grünes Licht von seinen Kindern für eine Kapitalanlage in der Karibik. Es war ohnehin seine große Sorge, sein Vermögen in diesen unsicheren Zeiten nicht krisensicher angelegt zu haben. Mit dieser Begründung baute er sich eine Eselsbrücke zur Rechtfertigung seiner Entscheidung, er kaufte das Anwesen neben Josef und Gabi.

Das war nicht so schwer, doch nun hat er es. Die erste Zeit war ein Genuss für Jürgen. Mit den Jahren wurde es seinen Kindern zu viel, das Weihnachten in der Karibik. Er lud sich Freunde ein, die waren begeistert, wollten aber nur einmal kommen. Es gibt so viele schöne Orte auf der Welt, nicht nur Grand Cayman.

Für den Bayern Jürgen ist sein Anwesen ein Paradies. Nur dann ist man eben drin im Paradies. Das gewohnte Leben mit den Jahreszeiten, mit der Familie und den Freunden, das fehlt dann doch.

Inge kommt ins Grübeln, der lebenshungrige Jürgen veranlasst sie zum Nachdenken. Automatisch wägt sie ab, wie es denn wäre, so ein neues Leben anzufangen. Unwillkürlich versetzt sie sich in die Lage des Auswanderers. Sie ertappt sich, selbst solche Wünsche zu hegen.

Es ist interessant und aufschlussreich, mit einem Auswanderer konfrontiert zu sein, die Zwiespältigkeit der Entscheidung wird offenkundig.

Es wäre durchaus machbar, Inge könnte auch im fortgeschrittenem Alter noch ihr Leben verändern, sich in der Karibik einkaufen und dort ein beschauliches Rentnerdasein verbringen,
Diese verlockende Idee darf durchdacht werden.

Michael und Inge lechzen nach weiteren Bildern. Der Projektor kommt wieder ins Spiel, Jürgen bedient ihn mit geschwellter Brust. Jetzt ist sein Anwesen dran, es übertrifft natürlich das des Nachbarn. Die Bilder sind jedenfalls besonders imposant. Ein eigener Strand, Hängematten zwischen Palmen, Detailansichten von Blüten, Cocktails und schattigen Terrassen lassen eine sanfte Meeresbrise erahnen.

Auch die Umgebung kann visuell erkundet werden, bunte Märkte, schaurige Warane und Anlegestellen mit kleinen Booten im türkisblauen Wasser.

Auch das Nachbarehepaar Josef und Gabi sind zu sehen. Sie sind gealtert und lächeln tapfer in die Kamera. Gabi sitzt im Rollstuhl, Josef hebt mit zittriger Hand das Cocktailglas. Der Aufenthalt im Paradies wird für sie immer schwerer, sie überlegen auch ein Zurück in die Heimat. Ihre Kinder unterstützen diese Pläne nicht und kommen lieber ab und an vorbei.

„Ja so schaut´s aus, das könnte eine Gelegenheit sein, sich dort einzukaufen", bemerkt Jürgen ganz beiläufig.

Inge und Michael schauen sich verwundert an, man prostet sich zu. Längst sind sie zum Wein übergegangen. Jürgen ist ziemlich abgefüllt, er scheint ein Alkoholproblem zu haben und wird ins Gästezimmer gebracht, morgen ist ein neuer Tag.

Dieser Jürgen ist schon eine umwerfende Erscheinung. Er tritt auf wie ein Paukenschlag und lässt Inge und Michael geschafft zurück.

Um nicht mit diesen überwältigenden Eindrücken ins Bett gehen zu müssen, schleichen sie sich heimlich auf die Terrasse, sie wollen den turbulenten Abend geruhsam ausklingen lassen. Michael holt den versteckten Rum hervor und schenkt ein. Nur bodenbedeckt, um das köstliche Tröpfchen mit Beschaulichkeit genießen zu können. Ein Hauch von Jamaika umhüllt die beiden, sie denken sich dorthin und genießen. Die ruhige Stimmung im nächtlichen Garten, mit dem Hintergrund ihres zufriedenen Lebens, lassen sie im Daseinsglück schwelgen. Der Geschmack von Jamaika genügt ihnen völlig, sie genießen, als Abrundung des schönen Abends. Was wird der Morgen mit Jürgen noch bringen?

In weiser Voraussicht versteckt Michael die Rum-Boddel wieder.

Es überrascht nicht, Jürgen lässt es am nächsten Morgen ruhig angehen. Inge schenkt sich die zweite Tasse Kaffee ein, Michael schnappt sich ein Schnittchen mit Avocado Dip. Sie möchten nicht noch länger mit dem Frühstück auf Jürgen warten.

Michael wird in der Schreinerei erwartet und Inge zieht es zu ihrem Bild, das sie gerade in Arbeit hat.

Eine Mail aus England gibt ihr neuen Ansporn. Der Inhaber von Johnson and Limmer in London bedankt sich für Inges Arbeiten. Sie erregen große Aufmerksamkeit bei Besuchern seiner Firma.

Mit strahlenden Augen und einem Lächeln auf dem Mund zeigen sich seine Kunden immer wieder erfreut über die Kunstwerke in seiner Empfangshalle. Es ist auffällig, wie oft die Bilder positiv wahrgenommen werden. Zweifellos bewirken sie eine gute Stimmung und einen freundlichen Empfang.

Diese Beobachtung veranlasst Mr. Limmer, weitere Arbeiten von Inge für seine Konferenzräume zu erwerben.

Er bittet per E-Mail, Angebote zu machen, oder gleich mit einer Auswahl an Bildern bei ihm vorbeizukommen. Inge sollte die Kunstwerke selbst aufhängen und die Gestaltung übernehmen. Vom Preis ist vorerst nicht die Rede.

Das gefällt Inge natürlich sehr. Die positive Wirkung ihrer Kunst liegt ihr am Herzen, noch dazu, wenn das Lob vom Käufer kommt. Sie wird sich nicht lange bitten lassen. Zum Glück sammelt sie eigene Bilder für die geplante Einzelausstellung, es sind fünfzehn Stück zusammengekommen.

Michael ist beeindruckt und zeigt große Bewunderung: „Komm, wir laden Deine Bilder auf meinen Transporter und machen einen London Trip!"

Sofort ist er dabei und macht ein Erlebnis daraus, von dem sie beide etwas haben. Ohne Zögern bucht er ein Hotel an der Themse, noch bevor Jürgen gut gelaunt auftaucht. Frischer Kaffee muss gemacht werden, man geht zur zweiten Runde Frühstück über.

Der Gast setzt sich an den gedeckten Tisch im Garten und schaut sich um. Inge glaubt, etwas Wehmut zu sehen, er genießt offensichtlich die heimelige Atmosphäre, auch wenn er etwas unruhig wirkt. Der umsichtige Michael erkennt zielsicher die Misere und bietet einen Campari Spritz an. Jürgen bekommt leuchtende Augen, das Problem ist richtig erkannt. Ein Campari wird mit Mineralwasser, anstatt mit Sekt aufgefüllt und mit Orangensaft verfeinert. Passt alles, Hauptsache Alkohol.

Michael erzählt von London und den Erfolgen seiner Inge.

Jürgen kontert mit Einladungen in die Karibik, das hört sich für Michael auch verlockend an.

Während er Flugrouten notiert und günstige Reisezeiten, arbeitet Inge vertieft an ihrem Bild.

Jürgen erklärt, Grand Cayman liegt in der Nachbarschaft von Haitii und Jamaika, oder den Bahamas. Er kann eine Rundreise zusammenstellen mit traumhaften Ressorts zu günstigen Preisen. Er kennt die Hotelmanager und Bootseigner von Wassertaxis für Schnorcheltouren und Glasbootfahrten. Es sprudelt nur so aus Jürgen heraus, Michael bekommt leuchtende Augen.

Sie sind sich aber einig, diesen Jürgen sollte man auch wieder loswerden, ansonsten nistet er sich womöglich wochenlang bei ihnen ein.

Die Fahrt nach London ist ein guter Aufhänger. Michael muss Vorbereitungen treffen in seiner Schreinerei, damit er sich einige Tage loseisen kann.

Er bietet Jürgen an, ihn zu seiner nächsten Besuchsadresse zu fahren, oder in sein Hotel. Irgendwo müssen sie ihren Besuch loswerden. Das gelingt auch, bei einem ehemaligen Schulfreund will er den nächsten Halt machen. Es stellt sich heraus, dass dieser sechzig Kilometer weit entfernt wohnt und noch keine Ahnung hat.

Nach unzähligen Telefonaten entschließt sich Jürgen, zunächst bei einer alten Freundin Station zu machen. Diese Frau wohnt zum Glück am Ort und Michael kann ihn dort absetzen.

Die Vermutung, Jürgen will einige Monate überbrücken, scheint genau richtig zu sein. An der neuen Adresse wird er sich mit Kochen und Lichtbildervorträgen einschleimen. Zur Begrüßung hat er schon eine Rum-Boddel in der Hand, das macht gleich einen guten Eindruck. Hoffentlich hat die Bekannte aus früheren Jahren viel Zeit und Muße, sich auf ihren Besuch einzulassen. Könnte ja sogar passen. Außerdem hat Jürgen eine ganze Liste von Adressen zum Aussitzen der Hurrikansaison.

Auf der Fahrt zur Jugendbekanntschaft wird Jürgen noch sentimental. Er bedauert zutiefst, seine Margot nicht mehr an seiner Seite zu haben. Die ganzen Jahre über hat er mit ihr Pläne geschmiedet für die Rentenzeit. Immer haben sie Geld gespart, für die Reisen um die Welt.

Schicksalsergeben hat seine Margot den Haushalt geführt, damit Jürgen den Rücken frei hatte für seine Karriere. Sie war Tag und Nacht auf sein Wohlergehen bedacht, mit der Aussicht auf die wunderschöne Zweisamkeit im Ruhestand. Wie er es auch dreht und wendet, die vertraute Kameradin hinterlässt ein tiefes Loch. Jürgens Dasein fehlt irgendwie der Sinn. Der Versuch, in eine neue Welt zu entfliehen, lässt seine Gefühlslage immer wieder durchscheinen.

Zu starr war seine Zukunftsplanung. Jürgen hat sich darauf verlassen, seiner Margot die Welt zeigen zu können, sozusagen als Errungenschaft seines erfolgreichen Arbeitslebens. Er hat sie über alles geliebt, seine Margot. Der Erfolg und das daraus resultierende Geld haben seinen Ehrgeiz angestachelt und ihn immer weiterarbeiten lassen. Das kann er nun nicht mehr ändern. Jürgen ist ein lieber Kerl, er wollte diese Zeit mit seiner Margot verleben und steht nun vor einem Dilemma.

Karibiktraum und Rentnerzeit ist alleine nichts, seine geliebte Kameradin sollte das alles mit ihm genießen.

Schnell schwenkt er wieder um und schwelgt in Genüssen seiner neuen Heimat.

Michael bekommt ein sehr schlechtes Gewissen, er hätte behutsamer mit Jürgen umspringen sollen. Man muss immer weiterdenken. Er war überfordert vom Überfall seines Arbeitskollegen. Wie so oft, hat alles seine zwei Seiten. Er beschließt, Jürgen im Paradies zu besuchen und wendet sich vorerst seiner London-Planung mit Inge zu.

Sie werden erwartet von Mr. Limmer und im Hotel mit Blick auf die Themse und freuen sich auf die Reise. Die Fahrt im kleinen Lieferwagen werden sie genießen und mehrere Pausen machen.

Michael bucht auch eine Übernachtung im wunderschönen Gent. Diese Stadt will besichtigt werden, erst am Nachmittag wollen sie nach London weiterfahren. Der dritte Tag gehört dann der Firma Johnson and Limmer und den Konferenzräumen.

Michael wird beim Hängen der Bilder helfen, ohne ihn hätte Inge diese Herausforderung nicht angenommen.

Fair wie sie ist, informiert sie den Galeristen Wittgenstein. Schließlich hat er diese Verbindung eingefädelt. Die Bezahlung der Bilder wird über ihn abgerechnet.

So hat alles seine Richtigkeit, Inge verdient reichlich an dem Verkauf.
Die Unkosten werden beiläufig auf den Preis für die Bilder aufgerechnet.
Wer im Kunstgeschäft ist, braucht um den Lohn nicht fürchten.
Eine reizvolle Realität für Inge.
Michael schwebt mit ihr in dieser Zufriedenheitswolke. Jeder gönnt jedem alles, das Spiel des Lebens scheint mit einem Patt ausgeglichen. Alle Bilder sind in London geblieben, das Geld dafür kann verbraten werden.
Gut gelaunt machen sie sich auf die Heimfahrt mit dem kleinen Lieferwagen, man überlegt eine Reise in die Karibik.
Warum auch nicht, diese Ecke der Welt haben beide noch nicht bereist.
Das Angebot von Jürgen muss genutzt werden, es kommt genau richtig.
Beim Plantschen im warmen Wasser und Relaxen in Hängematten werden ihre athrothischen Gelenke nicht überfordert. Eine Karibik-Rundreise ist keine sportliche Herausforderung. Das Klima soll für gequälte Knochen zuträglich sein und das Essen von frischen Meeresfrüchten sehr gesund. Warum also nicht? Planen schadet nicht. Sie warten nur noch die ideale Reisezeit ab, dann ist Jürgen auch wieder daheim im Paradies und kann seine Besuche empfangen.
Inge schlägt vor, ein Hotel in Jürgens Nähe zu buchen. Sie haben ihn recht kurz abgefertigt und möchten auch keine weiteren ausgedehnten Besuche von ihm provozieren. Die Preise der nahen Resorts sind moderat und die Auswahl groß.
Inge ist nun wieder ohne Bilder und freut sich auf eine erfolgreiche Schaffensperiode. Ihre Einzelausstellung ist zweifellos aufgeschoben und rückt in weite Ferne. Wenn es so weitergeht, kommt sie nie zustande. Sie will das Beste daraus machen und sich immer mehr weiterentwickeln. So kann alles als Vorteil bezeichnet werden, es kommt lediglich auf die Betrachtungsweise an.
Diese Freiheit liebt Inge über alles.

Die Karibik wird gebucht, im November soll es losgehen.
Michael schlägt einen One Way Flug vor. Nicht, dass er auswandern will,
nein, das Datum des Rückfluges soll offenbleiben.
Die gewonnene Freiheit darf ausgelebt werden, darin sind sich beide
einig.
Sie buchen zwei Wochen auf Grand Cayman, genug Zeit zum Recher-
chieren wie es weitergeht. Natürlich wird alles durchgeplant, aber mit
vielen Variationsmöglichkeiten.
Michael nimmt sich Zeit zum Ausarbeiten der Route, Inge widmet sich
ihren Bildern. Die in weite Ferne gerückte Einzelausstellung liegt ihr
doch schwer im Magen. Sie will einige gute Arbeiten haben, damit ein
Anfang gemacht ist, bevor sie das Karibik-Abenteuer startet.
Ihr zweites Ziel soll Jamaika werden, dann kommt Kuba dran. Hawaii
wollen sie sich sparen, es erscheint ihnen nicht so erstrebenswert.
Sie konzentrieren sich auf diese drei Ziele, das ist schon fast zu viel.
Michael arbeitet sich mit Perfektion hinein in diese Urlaubsstationen.
Besonders Kuba will ausgekostet werden, natürlich mit einem gemie-
teten Oldtimer und einem Boutique Hotel mitten in Havanna. Auch hier
erscheinen ihm die Übernachtungspreise moderat.

Sie sind sich ihres Alters bewusst und beruhigen ihre Befürchtungen
mit ausreichend Versicherungsschutz. Schnell ist ein Paket gekauft, mit
Rücktritts- und Rückführungschutz inklusive Auslandskrankenversiche-
rung. Es wird nicht groß diskutiert, einfach schnell gebucht.
Geplant sind vorerst sechs Wochen, zwei bei Jürgen, zwei auf Jamaika,
zwei auf Kuba.
Dabei bleibt es aber nicht, es werden nochmal zwei Wochen auf Grand
Cayman geurlaubt. Inzwischen kennen sie diese Insel, es gibt ein noch
schöneres Resort auf der anderen Seite neben Jürgens Anwesen.
Inge und Michael leben sich ein im Paradies. Sie haben täglich Kontakt
mit Zuhause und können beruhigt verlängern.
Noch nie zuvor in ihrem Leben haben sie so sorglos reisen können,
ganz ohne Zeitprobleme und Geldsorgen. Diese Karibikreise ist zu einem
Lebensabschnitt geworden, den sie nicht missen möchten.
Wieder einmal war es der Zufall, der Jürgen zu ihnen geführt hat.

Nette Kontakte werden geschlossen, natürlich mit Jürgens Freunden, die auch Paradiesluft schnuppern dürfen.

Dann geht es aber gerne wieder heim ins gewohnte Lebensumfeld. Sie können sich allerdings weitere Reisen vorstellen. Inge hat keine Angst um ihre Karriere als Künstlerin, sie verschiebt die groß geplante Einzelausstellung einfach auf ihren 80. Geburtstag.

Die Überlegungen, was Trauerreden und Beerdigungsfeiern anbelangt, verschwinden aus den Interessen von Inge und Michael.

So einfach geht das, denkt sich Inge: „Das ganze Leben ist eine Reise mit immer neuen Zielen und Höhepunkten."

Weitere Informationen

finden Sie in meiner Homepage

www.ritalell.de

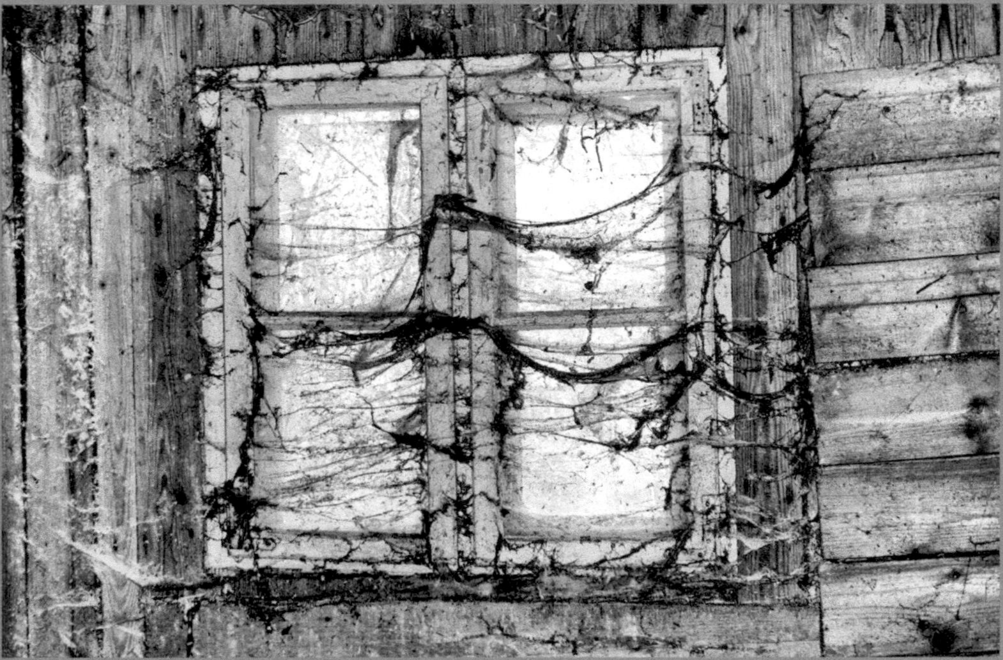

Matthäus Lang, genannt Mühlhiasl
ist einer der bekanntesten Propheten.
Er stammt wie auch die Anwältin
Maximiane aus dem Bayerischen Wald.

Dieser Mühlhiasl sagt unserer Zeit
schlimme Umwälzungen voraus.
Maximiliane fürchtet, die Menschheit
durchlebt gerade diese Prophezeiung.
Der Lockdown verschafft ihr viel freie
Zeit und sie durchforscht die Schriften
des Sehers und besucht die Orte seines
Lebens.

Aus ihrer eigenen Kindheit kennt sie
die Befindlichkeit der Waidler und die
Entstehung von Mythen und Sagen.

Die Ernsthaftigkeit der Corona Pandemie
zwingt Maximiliane, ihr Leben neu
auszurichten, sie erkennt deutliche
Parallelen zu den Warnungen des
Mühlhiasls.

Gelingt es Maxi, ihr Leben in Einklang
mit den Entwicklungen zu bringen?

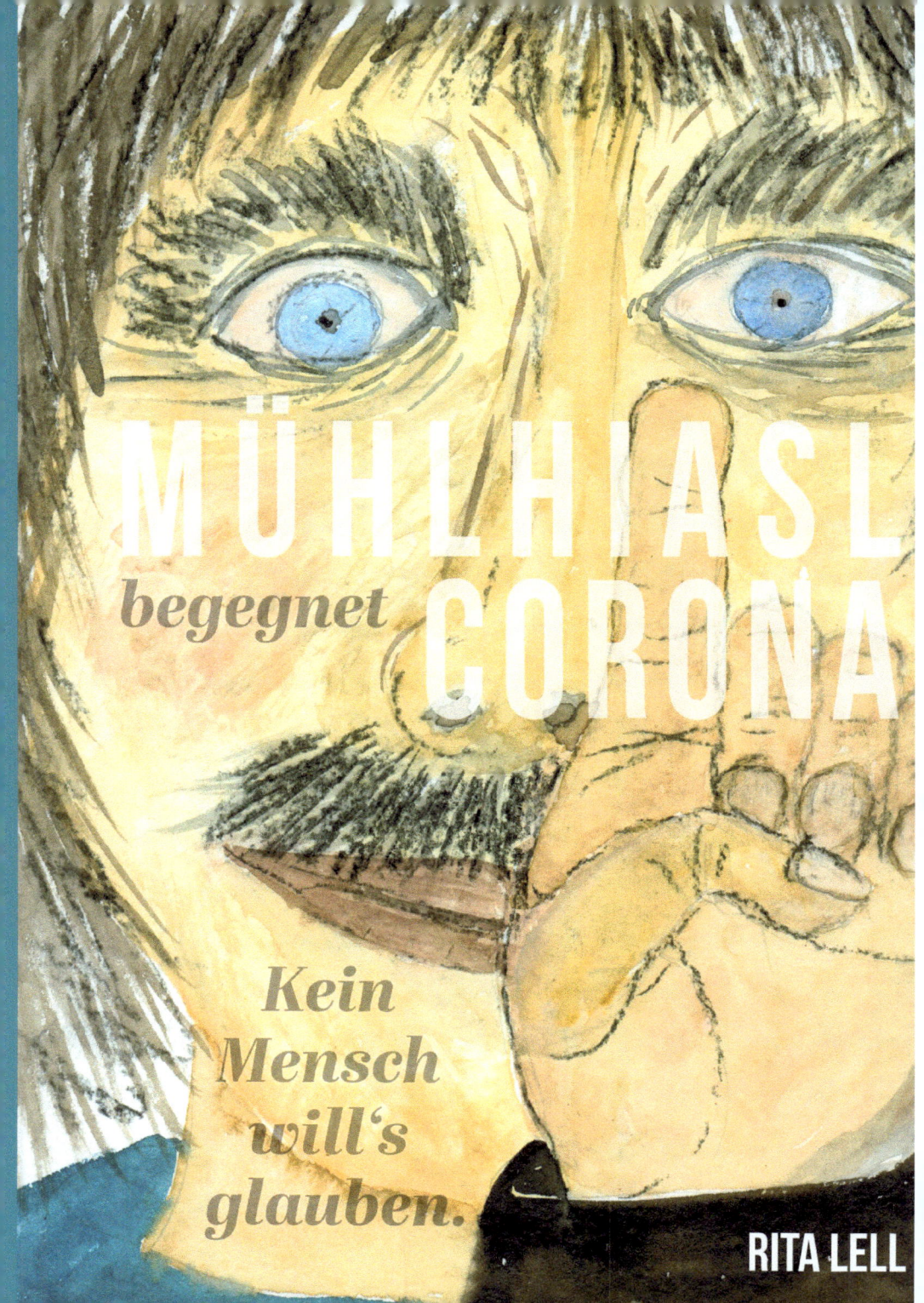

Die alte Stadt ist jahrzehntelang arm und verschlafen, bis die Ansiedelung einflussreicher Unternehmen die Grundstückspreise in die Höhe treibt.

Bauunternehmer kommen auf die Idee, mit Neubauten in besten Wohnlagen sehr viel Geld zu verdienen. Der Trick, die Politik einzubinden, steigert ihre Effektivität ins Gigantische. Es entsteht eine Immobilienmafia, der sich niemand entziehen kann.

Iris Moser wohnt in einer beschaulichen, grünen Ecke des Städtchens, eine Tatsache, die Investoren magisch anzieht. Iris ist eine taffe Frau, mit großer Lebenserfahrung. Sie wähnt sich sicher und lenkt ihr Schicksal souverän. Doch schleichend verändert sich ihre Umgebung und zieht sie in einen Abwärtsstrudel hinein, der sie vernichten will.

Rita Lell

Bärlauch

ein Kleinstadtkrimi

Das vorliegende Buch räumt auf mit Vorurteilen gegenüber der Rasse und gibt dem Leser Einblicke in das wirkliche Wesen des Großpudels, die Farbvarianten seines Fells und seine Frisurmöglichkeiten.

Drei Großpudelzüchter werden vorgestellt, um ihre Zuchtziele und ihr Wissen über Genetik, Farbvererbung und Welpenaufzucht an den Leser weiter zu geben.

Der Große unter den Pudeln ist ein fantastischer Hund mit überdurchschnittlichen Eigenschaften. Fast in Vergessenheit geraten, erobert er sich seinen Platz als idealer Familien- und Begleithund zurück. Übertriebene Frisurpraktiken haben ihn in Verruf gebracht, ihn aber auch vor Überzüchtung bewahrt. Der Großpudel hat sich als gesunde Rasse bewährt und überzeugt mit Eleganz, Nervenstärke, Freundlichkeit und Intelligenz.

Der Großpudel wird auch Königspudel genannt. Er ist ein treuer, sportlicher und begabter Hund; ganz im Gegensatz zu seinem Ruf als verzärtelter Schoßhund, der gehätschelt und frisiert werden will.

Als Rettungshund, im Hundesport, als Therapiehund oder Wachhund, macht der Pudel eine ausgesprochen gute Figur, denn er zeigt einen großen Arbeitseifer, aber auch ein angenehm ruhiges und anpassungsfähiges Wesen im Haus.

Es lohnt sich, die Rasse näher zu betrachten: es könnte der ideale Hund für Sie sein!

Rita Lell

Der Großpudel
der König der Pudel

Einblicke in Regensburg abseits der Touristenpfade – auch im zweiten Teil dieses Stadtportraits
- nicht nur für Regensburger – bekommt der Leser interessantes Hintergrundwissen der
heimatverbundenen Autorin Rita Lell. Sie zeigt atemberaubende Blicke vom Dom St. Peter,
die Geschichte der Wurstkuchl, die beeindruckende Welt der Dombauhütte, die schöne
Zeit an der Schillerwiese, warum Keilberg ein außergewöhnlicher Stadtteil ist und sich
Regensburg zurzeit so verändert. Technologien verschwinden, Neubauviertel entstehen.

In 461 Bildern kann der Leser schmökern, verstehen und staunen, warum die Zucker-Susi
nicht mehr fährt, wie es am Winterparadies Dreibäumerlberg ausgesehen hat, oder warum
die Kulturszene an der Ladehofstraße verschwunden ist.

Ein Buch zum Verlieben, Nachdenken und Genießen.

9 783741 251818

Rita Lell

Regensburg

Was war und was bleibt

Band II